U0533355

大家小书

周作人散文选

周作人 著
郁达夫 编选

北京出版集团
北京出版社

图书在版编目（CIP）数据

周作人散文选 / 周作人著；郁达夫编选. — 北京：北京出版社，2022.4
（大家小书）
ISBN 978-7-200-15234-0

Ⅰ. ①周… Ⅱ. ①周… ②郁… Ⅲ. ①散文集—中国—现代 Ⅳ. ①I266

中国版本图书馆CIP数据核字（2019）第297966号

总 策 划：安 东　高立志
项目统筹：吴剑文
责任编辑：王忠波　吴剑文
责任印制：陈冬梅　燕雨萌
装帧设计：人马艺术设计·储平

· 大家小书 ·

## 周作人散文选
ZHOU ZUOREN SANWEN XUAN
周作人　著　郁达夫　编选

| 出　　版 | 北京出版集团 北京出版社 |
|---|---|
| 地　　址 | 北京北三环中路6号 |
| 邮　　编 | 100120 |
| 网　　址 | www.bph.com.cn |
| 总 发 行 | 北京出版集团 |
| 印　　刷 | 北京华联印刷有限公司 |
| 经　　销 | 新华书店 |
| 开　　本 | 880毫米×1230毫米　1/32 |
| 印　　张 | 9 |
| 字　　数 | 130千字 |
| 版　　次 | 2022年4月第1版 |
| 印　　次 | 2022年4月第1次印刷 |
| 书　　号 | ISBN 978-7-200-15234-0 |
| 定　　价 | 45.00元 |

如有印装质量问题，由本社负责调换
质量监督电话　010-58572393

目 录

## 自己的园地

自己的园地 _3

诗的效用 _6

古文学 _11

文艺的统一 _15

谜语 _19

论小诗 _24

《沉沦》 _34

《魔侠传》 _40

儿童剧 _46

《镜花缘》 _50

《爱的创作》 _54

# 雨天的书

《雨天的书》自序一 _61

《雨天的书》自序二 _62

鸟声 _66

日记与尺牍 _69

故乡的野菜 _74

喝茶 _77

我们的敌人 _81

上下身 _84

生活之艺术 _87

日本的人情美 _91

元旦试笔 _94

山中杂信 _97

神话的辩护 _115

读《京华碧血录》 _119

## 泽泻集

谈酒 _125

乌篷船 _130

关于三月十八日的死者 _134

碰伤 _139

吃烈士 _142

## 谈龙集

《谈龙集》序 _147

文艺批评杂话 _150

《竹林的故事》序 _157

猥亵的歌谣 _160

《香园》 _170

上海气 _176

个性的文学 _179

# 谈虎集

祖先崇拜 _183

批评的问题 _186

美文 _189

京城的拳头 _191

头发名誉和程度 _192

外行的按语 _194

偶感 _199

诅咒 _207

新名词 _209

萨满教的礼教思想 _211

寻路的人 _214

我学国文的经验 _216

日本与中国 _223

夏夜梦 _229

## 永日集

《燕知草》跋 _247
《大黑狼的故事》序 _251
关于失恋 _255
闭户读书论 _261

## 看云集

《看云集》自序 _267
《草木虫鱼》小引 _270
《冰雪小品选》序 _274

# 自己的园地

# 自己的园地

一百五十年前，法国的福禄特尔做了一本小说《亢迭特》（Candide），叙述人世的苦难，嘲笑"全舌博士"的乐天哲学。亢迭特与他的老师全舌博士经了许多忧患，终于在土耳其的一角里住下，种园过活，才能得到安住。亢迭特对于全舌博士的始终不渝的乐天说，下结论道，"这些都是很好，但我们还不如去耕种自己的园地。"这句格言现在已经是"脍炙人口"，意思也很明白，不必再等我下什么注脚。但是我现在把他抄来，却有一点别的意义。所谓自己的园地，本来是范围很宽，并不限定于某一种：种果蔬也罢，种药材也罢，——种蔷薇地丁也罢，只要本了他个人的自觉，在他认定的不论大小的地面上，应了力量去耕种，便都是尽了他的天职了。在这平淡无奇的说话中间，我所想要特地申明的，只是在于种蔷薇地丁也是耕种我们自己的园地，与种果蔬药材，虽是种类不同而有同一的价值。

我们自己的园地是文艺，这是要在先声明的。我并非厌薄别种活动而不屑为，——我平常承认各种活动于生活都是必要；实在是小半由于没有这样的材能，大半由于缺少这样的趣味，所以不得不在这中间定一个去就。但我对于这个选择并不后悔，并不惭愧地面的小与出产的薄弱而且似乎无用。依了自己的心的倾向，去种蔷薇地丁，这是尊重个性的正当办法，即使如别人所说各人果真应报社会的恩，我也相信已经报答了，因为社会不但需要果蔬药材，却也一样迫切的需要蔷薇与地丁，——如有蔑视这些的社会，那便是白痴的，只有形体而没有精神生活的社会，我们没有去顾视他的必要。倘若用了什么名义，强迫人牺牲了个性去侍奉白痴的社会，——美其名曰迎合社会心理，——那简直与借了伦常之名强人忠君，借了国家之名强人战争一样的不合理了。

有人说道，据你所说，那么你所主张的文艺，一定是人生派的艺术了。泛称人生派的艺术，我当然是没有什么反对，但是普通所谓人生派是主张"为人生的艺术"

的，对于这个我却有一点意见。"为艺术的艺术"将艺术与人生分离，并且将人生附属于艺术，至于如王尔德的提倡人生之艺术化，固然不很妥当；"为人生的艺术"以艺术附属于人生，将艺术当作改造生活的工具而非终极，也何尝不把艺术与人生分离呢？我以为艺术当然是人生的，因为他本是我们感情生活的表现，叫他怎能与人生分离？"为人生"——于人生有实利，当然也是艺术本有的一种作用，但并非唯一的职务。总之艺术是独立的，却又原来是人性的，所以既不必使他隔离人生，又不必使他服侍人生，只任他成为浑然的人生的艺术便好了。"为艺术"派以个人为艺术的工匠，"为人生"派以艺术为人生的仆役；现在却以个人为主人，表现情思而成艺术，即为其生活之一部，初不为福利他人而作，而他人接触这艺术，得到一种共鸣与感兴，使其精神生活充实而丰富，又即以为实生活的基本；这是人生的艺术的要点，有独立的艺术美与无形的功利。我所说的蔷薇地丁的种作，便是如此：有些人种花聊以消遣，有些人种花志在卖钱，真种花者以种花为其生活，——而花亦未尝不美，未尝于人无益。

# 诗的效用

在《诗》第一号里读到俞平伯君的《诗底进化的还原论》,对于他的"好的诗底效用是能深刻地感多数人向善的"这个定义,略有怀疑的地方,现在分作三项,将我的意见写了出来。

第一,诗的效用,我以为是难以计算的。文艺的问题固然是可以用了社会学的眼光去研究,但不能以此作为唯一的定论。我始终承认文学是个人的,但因"他能叫出人人所要说而苦于说不出的话",所以我又说即是人类的。然而在他说的时候,只是主观的叫出他自己所要说的话,并不是客观的去体察了大众的心情,意识的替他们做通事,这也是真确的事实。我曾同一个朋友说过,诗的创造是一种非意识的冲动,几乎是生理上的需要,仿佛是性欲一般;这在当时虽然只是戏语,实在也颇有道理。个人将所感受的表现出来，即是达到了目的，有了他的效用，此外功利的批评，说他耗废无数的金钱精力时间，得不偿失，都是不相干的话。在个人的恋爱生活里，常有不惜供献大的牺牲的人，我们不能去质问他的在社会上的效用；在文艺上也是一样。真的艺术家本了他的本性与外缘的总合，诚实的表现他的情思，自然的成为有价值的文艺，便是他的效用。功利的批评也有一面的理由，但是过于重视艺术的社会的意义，忽略原来的文艺的性质，他虽声言叫文学家做指导社会的先驱者，实际上容易驱使他们去做侍奉民众的乐人，这是较量文学在人生上的效用的人所最应注意的地方了。

第二，"感人向善是诗底第二条件"，这善字似乎还有可商的余地，因为他的概念也是游移惝恍，没有标准，正如托尔斯泰所攻击的美一样。将他解作现代通行的道德观念里的所谓善，这只是不合理的社会上的一时的习惯，决不能当做判断艺术价值的标准，现在更不必多说也已明白了。倘若指那不分利己利人，于个体种族都是幸福的，如克鲁泡特金所说的道德，当然是很对的了，但是"全而善美"的生活范围很广，除了真正的不道德文学以外，一切的文艺作品差不多都在这范围里边，因为据克鲁泡特金的说法，只有资本主义迷信等等几件妨害人的生活的东西是恶，所以凡非是咏叹这些恶的文艺便都不是恶的花。托尔斯泰所反对的波特来耳的《恶之华》因此也不能不说是向善的，批评家说他是想走逆路去求自己的得救，正是很确当的话。他吃印度大麻去造"人工的乐园"，在绅士们看来是一件怪僻丑陋的行为，但他的寻求超现世的乐土的欲望，却要比绅士们的饱满的乐天主义更为人性的，更为善的了。这样看来，向善的即是人的，不向善的即是非人的文学：这也是一种说法，但是字面上似乎还可修改，因为善字的意义不定，容易误会，以为文学必须劝人为善，像《明圣经》《阴骘文》一般才行，——岂知这些讲名分功过的"善书"里，多含着不向善的吃人思想的分子，最容易使人陷到非人的生活里去呢？

第三，托尔斯泰论艺术的价值，是以能懂的人的多少为标准，克鲁泡特金对于他的主张，加以批评道，"各种艺术都有一种特用的表现法，这便是将作者的感情感染与别人的方法，所以要想懂得他，须有相当的一番训练。即使是最简单的艺术品,要正当的理解他,也非经过若干习练不可。托尔斯泰把这事忽略了,似乎不很妥当,他的普遍理解的标准也不免有点牵强了。"这一节话很有道理。虽然托尔斯泰在《艺术论》里引了多数的人明白《圣经》上的故事等等的例,来证明他们也一定能够了解艺术的高尚作品,其实是不尽然的。《圣经》上的故事诚然是艺术的高尚作品,但是大多数的人是否真能艺术的了解赏鉴,不免是个疑问。我们参照中国人读经书的实例,推测基督教国的民众的读《圣经》,恐怕他的结果也只在文句之末,即使感受到若干印象,也为教条的传统所拘,仍旧貌似而神非了。譬如中国的《诗经》,凡是"读书人"无不读过一遍,自己以为明白了,但真是知道《关雎》这一篇是什么诗的人,一千人里还不晓得有没有一个呢。说到民谣,流行的范围更广,似乎是很被赏识了,其实也还是可疑。我虽然未曾详细研究,不能断定,总觉得中国小调的流行,是音乐的而非文学的,换一句话说即是以音调为重而意义为轻。《十八摸》是中国现代最大民谣之一,但其魅人的力似在"嗳嗳吓"的声调而非在肉体美的赞叹,否则那种描画应当更为精密，——那倒又有可取了。中国人的爱好谐调真是奇异的事实；大多数的喜听旧戏而厌看新剧，便是一个好例，在诗文界内也全然相同。常见文理不通的人虽然古文白话一样的不懂，却总是喜读古文，反对白话，当初颇以为奇，现在才明白这个道理：念古文还有声调可以悦耳，看白话则意义与声调一无所得，所以兴味索然。文艺作品的作用当然不只是悦耳，所以经过他们的鉴定，不能就判定他的感染的力量。即使更进一层，多数的人真能了解意义，也不能以多数决的方法来下文艺的判决。君师的统一思想，定于一尊，固然应该反对；民众的统一思想，定于一尊，也是应该反对的。在不背于营求全而善美的生活之道德的范围内，思想与行动不妨各各自由与分离。文学家虽希望民众能了解自己的艺术，却不必强将自己的艺术去迁就民众，因为据我的意见，文艺本是著者感情生活的表现，感人乃其自然的效用，现在倘若舍己从人，去求大多数的了解，结果最好也只是"通俗文学"的标本，不是他真的自己的表现了。

# 古文学

研究本国的古文学,不是国民的义务,乃是国民的权利。艺术上的造诣,本来要有天才做基础,但是思想与技工的涵养也很重要,前人的经验与积贮便是他必要的材料。我的一个朋友近来从西京写信来说道,"……叹息前人给我们留下了无数的绫罗绸缎,只没有剪制成衣,此时正应该利用他,下一番裁缝工夫,莫只作那裂帛撕扇的快意事。蔑视经验,是我们的愚陋;抹杀前人,是我们的罪过。"实在很是确当。这前人的经验与积贮当然并不限于本国,只是在研究的便宜上,外国的文学因为言语及资料的关系,直接的研究较为困难,所以利用了自己国语的知识进去研究古代的文学,涵养创作力或鉴赏文艺的趣味,是最上算的事,这正是国民所享的一种权利了。

我们既然认定研究古文学为权利而非义务，所以没有服从传统的必要。我们读古代文学，最妨碍我们的享乐，使我们失了正解或者堕入魔道的，是历来那些"业儒"的人的解说，正如玉帛钟鼓本是正当的礼乐，他们却要另外加上一个名分的意义一般，于是在一切叙事抒情的诗文上也到处加了一层纲常名教的涂饰。"关关雎鸠"原是好好的一首恋爱诗，他们却说这是"后妃之德也，风之始也，所以风天下而正夫妇也"。"南有樛木"也是结婚歌，却说是"后妃逮下也，言能逮下而无嫉妒之心也"。经了这样的一番解说，那儒业者所崇拜的多妻主义似乎得了一重拥护，但是已经把诗的真意完全抹杀，倘若不是我们将他订正，这两篇诗的真价便不会出现了。希伯来的《雅歌》以前也被收入犹太教以及基督教的《圣经》里，说是歌咏灵魂与神之爱的，现在早已改正，大家承认他作一卷结婚歌集了。我们若是将《诗经》旧说订正，把国风当作一部古代民谣去读，于现在的歌谣研究或新诗创作上一定很有效用，这是可以断言的。中国历代的诗未尝不受《诗经》的影响，只因有传统关系，仍旧囚在"美刺"的束缚里，那正与小说的讲劝惩相同，完全成了名教的奴隶了。还有些人将忠君爱国当做评诗的标准，对于《古诗十九首》，觉得他们与这标准有点不合，却又舍不得摒弃，于是奇想天开，将这些诗都解做"思君之作"。这自然都是假的，——并非因为我们憎恶君主政治所以反对他们，实在因为这解说是不合事理的。世上有君主叫臣下替他尽忠的事实，但在文学上讲来，那些忠爱的诗文，（如果显然是属于这一类的东西，）倘若不是故意的欺人，便是非意识的自欺，不能说是真的文艺。中国文艺上传统的主张，正是这虚憍的"为名教的艺术"；这个主张倘不先行打破，冒冒失失的研究古代文学，非但得不到好处，而且还要上当，走入迷途，这是不可不用心警戒的事。

古文学的研究，于现代文艺的形式上也有重大的利益。虽然现在诗文著作都用语体文，异于所谓古文了，但终是同一来源，其表现力之优劣在根本上总是一致，所以就古文学里去查考前人的经验，在创作的体裁上可以得到不少的帮助。譬如讨论无韵诗的这个问题，我们倘若参照历来韵文的成绩，自国风以至小调，——民众文学虽然多是新作，但其传袭的格调源流甚古，——可以知道中国言文的有韵诗的成绩及其所能变化的种种形式；以后新作的东西，纵使思想有点不同，只要一用韵，格调便都逃不出这个范围。试看几年来的有韵新诗，有的是"白话唐诗"，有的是词曲，有的是——小调，而且那旧诗里最不幸的"挂脚韵"与"趁韵"也常常出现了。那些不叶韵的，虽然也有种种缺点，倒还不失为一种新体——有新生活的诗，因为他只重在"自然的音节"，所以能够写得较为真切。这无尾韵而有内面的谐律的诗的好例，在时调俗歌里常能得到。我们因此可以悟出做白话诗的两条路，一是不必押韵的新体诗，一是押韵的"白话唐诗"以至小调。这是一般的说法，至于有大才力能做有韵的新诗的人，当然是可以自由去做，但以不要像"白话唐诗"以至小调为条件。有才力能做旧诗的人，我以为也可以自由去做，但也仍以不要像李杜苏黄或任何人为条件。只有古文还未通顺的人，不必去赞叹旧诗，更不配去做了。——然而现在偏是文理不通的人愈喜欢做古文做旧诗，这真可以说是"自然的嘲弄"了。

## 文艺的统一

在《文学旬刊》第四十一期"杂谈"上见到郑振铎君的一节话，很有意思。他说，

"鼓吹血和泪的文学，不是便叫一切的作家都弃了他素来的主义，齐向这方面努力；也不是便以为除了血和泪的作品以外，更没有别的好文学。文学是情绪的作品。我们不能强欢乐的人哭泣，正如不能叫那些哭泣的人强为欢笑。"

许华天君在《学灯》上《创作底自由》一篇文章里，也曾有几句话说得很好，

"我想文学的世界里，应当绝对自由。有情感忍不住了须发泄时，就自然给他发泄出来罢了。千万不用有人来特别制定一个樊篱，应当个个作者都须在樊篱内写作。在我们看起来，现世是万分悲哀的了；但也说不定有些

睡在情人膝头的人，全未觉得呢？你就不准他自由创作情爱的诗歌么？推而极之，我们想要哭时，就自由的哭罢；有人想要笑时，就自由的笑罢。谁在文学的世界上，规定只准有哭的作品而不准有笑的作品呢？"

以上所说的话都很确当，足以表明文艺上统一的不应有与不可能，但是世间有一派评论家，凭了社会或人类之名，建立社会文学的正宗，无形中厉行一种统一。在创始的人，如居友，别林斯奇，托尔斯泰等，原也自成一家言，有相当的价值，到得后来却正如凡有的统一派一般，不免有许多流弊了。近来在《平民》第一百九期上见到马庆川君的《文学家底愉快与苦闷》，他的论旨现在没有关系可以不必讨论，其中有一节话却很可以代表这一派的极端的论调。他说，

"……若不能感受这种普遍的苦闷，安慰普遍的精神，只在自己底抑郁牢骚上做工夫，那就空无所有。因为他所感受的苦闷，是自己个人底境遇；他所得到的愉快，也是自己个人底安慰，全然与人生无涉。换句话说，他所表现的不过是著者个人底荣枯，不是人类公同的感情。"

这一节里的要点是极端的注重人类共同的感情而轻视自己个人的感情，以为与人生无涉。"其实人类或社会本来是个人的总体，抽去了个人便空洞无物，个人也只在社会中才能安全的生活，离开了社会便难以存在，所以个人外的社会和社会外的个人都是不可想象的东西"，至于在各个人的生活之外去找别的整个的人生，其困难也正是一样。文学是情绪的作品，而著者所能最切迫的感到者又只有自己的情绪，那么文学以个人自己为本位，正是当然的事。个人既然是人类的一分子，个人的生活即是人生的河流的一滴，个人的感情当然没有与人类不共同的地方。在现今以多数决为神圣的时代，习惯上以为个人的意见以至其苦乐是无足轻重的，必须是合唱的呼噪始有意义，这种思想现在虽然仍有势力，却是没有道理的。一个人的苦乐与千人的苦乐，其差别只是数的问题，不是质的问题；文学上写千人的苦乐固可，写一人的苦乐亦无不可，这都是著者的自由，我们不能规定至少须写若干人的苦乐才算合格，因为所谓普遍的感情，乃是质的而非数的问题。个人所感到的愉快或苦闷，只要是纯真切迫的，便是普遍的感情，即使超越群众的一时的感受以外，也终不损其为普遍。反过来说，迎合社会心理，到处得到欢迎的《礼拜六》派的小册子，其文学价值仍然可以直等于零。因此根据为人生的艺术说，以社会的意义的标准来统一文学，其不应与不可能还是一样。据我的意见，文艺是人生的，不是为人生的，是个人的，因此也即是人类的；文艺的生命是自由而非平等，是分离而非合并。一切主张倘若与这相背，无论凭了什么神圣的名字，其结果便是破坏文艺的生命，造成呆板虚假的作品，即为本主张颓废的始基。欧洲文学史上的陈迹，指出许多同样的兴衰，到了二十世纪才算觉悟，不复有统一文学潮流的企画，听各派自由发展，日益趋于繁盛。这个情形很足供我们的借鉴，我希望大家弃舍了统一的空想，去各行其是的实地工作，做得一分是一分，这才是充实自己的一生的道路。

# 谜语

民间歌谣中有一种谜语，用韵语隐射事物，儿童以及乡民多喜互猜，以角胜负。近人著《棣萼室谈虎》曾有说及云，"童时喜以用物为谜，因其浅近易猜，而村妪牧竖恒有传述之作，互相夸炫，词虽鄙俚，亦间有足取者"。但他也未曾将他们著录。故人陈懋棠君为小学教师，在八年前，曾为我抄集越中小儿所说的谜语，共百七十余则；近来又见常维钧君所辑的北京谜语，有四百则以上，要算是最大的搜集了。

谜语之中，除寻常事物谜之外，还有字谜与难问等，也是同一种类。他们在文艺上是属于赋（叙事诗）的一类，因为叙事咏物说理原是赋的三方面，但是原始的制作，常具有丰富的想象，新鲜的感觉，醇璞而奇妙的联想与滑稽，所以多含诗的趣味，与后来文人的灯谜专以纤巧与双关及暗射见长者不同：谜语是原始的诗，灯谜却只是文章工场里的细工罢了。在儿童教育上谜语也有其相当的价值，一九一三年我在地方杂志上做过一篇《儿歌之研究》，关于谜语曾说过这几句话："谜语体物入微，情思奇巧，幼儿知识初启，考索推寻，足以开发其心思。且所述皆习见事物，象形疏状，深切著明，在幼稚时代，不啻一部天物志疏，言其效用，殆可比于近世所提倡之自然研究欤？"

在现代各国，谜语不过作为老妪小儿消遣之用，但在古代原始社会里却更有重大的意义。说到谜语，大抵最先想起的，便是希腊神话里的肿足王（Oidipous）的故事。人头狮身的斯芬克思（Sphinx）伏在路旁，叫路过的人猜谜，猜不着者便被他弄死。他的谜是"早晨用四只脚，中午两只脚，傍晚三只脚走的是什么？"肿足王答说这是一个人，因为幼时匍匐，老年用拐杖。斯芬克思见谜被猜着，便投身岩下把自己碰死了。《旧约》里也有两件事，参孙的谜被猜出而失败（《士师记》），所罗门王能答示巴女王的问，得到赞美与厚赠（《列王纪》上）。其次在伊思阑古书《呃达》里有两篇诗，说伐夫忒路特尼耳（Vafthrudnir）给阿廷（Odin）大神猜谜，都被猜破，因此为他所克服，又亚耳微思（Alvis）因为猜不出妥耳（Thorr）的谜，也就失败，不能得妥耳的女儿为妻。在别一篇传说里，亚斯劳格（Aslaug）受王的试验，叫她到他那里去，须是穿衣而仍是裸体，带着同伴却仍是单身，吃了却仍是空肚；她便散发覆体，牵着狗，嚼着一片蒜叶，到王那里，遂被赏识，立为王后：这正与上边的两件相反，是因为有解答难题的智慧而成功的例。

英国的民间叙事歌中间，也有许多谜歌及抗答歌（Flytings）。《猜谜的武士》里的季女因为能够解答比海更深的是什么，所以为武士所选取。别一篇说死人重来，叫他的恋人同去，或者能做几件难事，可以放免。他叫她去从地洞里取火，从石头绞出水，从没有婴孩的处女的胸前挤出乳汁来；她用火石开火，握冰柱使融化，又折断蒲公英挤出白汁，总算完成了她的工作。《妖精武士》里的主人公设了若干难问，却被女人提出更难的题目，反被克服，只能放她自由，独自逃回地下去了。

中国古史上曾说齐威王之时喜隐，淳于髡说之以隐（《史记》），又齐无盐女亦以隐见宣王（《新序》），可以算是谜语成功的记录。小说戏剧中这类的例也常遇见，如《今古奇观》里的《李谪仙醉草吓蛮书》，那是解答难题的变相。朝鲜传说，在新罗时代（中国唐代）中国将一只白玉箱送去，叫他们猜箱中是什么东西，借此试探国人的能力。崔致远写了一首诗作答云，"团团玉函里，半玉半黄金；夜夜知时鸟，含精未吐音。"箱中本来是个鸡卵，中途孵化，却已经死了。（据三轮环编《传说之朝鲜》）难题已被解答，中国知道朝鲜还有人才，自然便不去想侵略朝鲜了。

以上所引故事，都足以证明在人间意识上的谜语的重要：谜语解答的能否，于个人有极大的关系，生命自由与幸福之存亡往往因此而定。这奇异的事情却并非偶然的类似，其中颇有意义可以寻讨。据英国贝林戈尔特（Baring-Gould）在《奇异的遗迹》中的研究，在有史前的社会里谜语大约是一种智力测量的标准，裁判人的运命的指针。古人及野蛮部落都是实行择种留良的，他们见有残废衰弱不适于人生战斗的儿童，大抵都弃舍了；这虽然是专以体质的根据，但我们推想或者也有以智力为根据的。谜语有左右人的运命的能力，可以说即是这件事的反影。这样的脑力的决斗，事实上还有正面的证明，据说十三世纪初德国曾经行过歌人的竞技，其败于猜谜答歌的人即执行死刑，十四世纪中有《华忒堡之战》（"Krieg von Wartburg"）一诗纪其事。贝林戈尔特说，"基督教的武士与夫人们能够（冷淡的）看着性命交关的比武，而且基督教的武士与夫人们在十四世纪对于不能解答谜语的人应当把他的颈子去受刽子手的刀的事，并不觉得什么奇怪。这样的思想状态，只能认作古代的一种遗迹，才可以讲得过去，——在那时候，人要生活在同类中间，须是证明他具有智力上的以及体质上的资格。"这虽然只是假说，但颇能说明许多关于谜语的疑问，于我们涉猎或采集歌谣的人也可以作参考之用，至于各国文人的谜原是游戏之作，当然在这个问题以外了。

# 论小诗

所谓小诗,是指现今流行的一行至四行的新诗。这种小诗在形式上似乎有点新奇,其实只是一种很普通的抒情诗,自古以来便已存在的。本来诗是"言志"的东西,虽然也可用以叙事或说理,但其本质以抒情为主。情之热烈深切者,如恋爱的苦甜,离合生死的悲喜,自然可以造成种种的长篇巨制,但是我们日常的生活里,充满着没有这样迫切而也一样的真实的感情;他们忽然而起,忽然而灭,不能长久持续,结成一块文艺的精华,然而足以代表我们这刹那刹那的内生活的变迁,在或一意义上这倒是我们的真的生活。如果我们"怀着爱惜这在忙碌的生活之中浮到心头又复随即消失的刹那的感觉之心",想将他表现出来,那么数行的小诗便是最好的工具了。中国古代的诗,如传说的周以前的歌谣,差不多都很简单，不过三四句。《诗经》里有许多篇用叠句式的，每章改换几个字，重复咏叹，也就是小诗的一种变体。后来文学进化，诗体渐趋于复杂，到于唐代算是极盛，而小诗这种自然的要求还是存在，绝句的成立与其后词里的小令等的出现都可以说是这个要求的结果。别一方面从民歌里变化出来的子夜歌懊侬歌等，也继续发达，可以算是小诗的别一派，不过经文人采用，于是乐府这种歌词又变成了长篇巨制了。

由此可见小诗在中国文学里也是"古已有之"，只因他同别的诗词一样，被拘束在文言与韵的两重束缚里，不能自由发展，所以也不免和他们一样同受到湮没的命运。近年新诗发生以后，诗的老树上抽了新芽，很有复荣的希望；思想形式，逐渐改变，又觉得思想与形式之间有重大的相互关系，不能勉强牵就，我们固然不能用了轻快短促的句调写庄重的情思，也不能将简洁含蓄的意思拉成一篇长歌，适当的方法唯有为内容去定外形，在这时候那抒情的小诗应了需要而兴起正是当然的事情了。

中国现代的小诗的发达，很受外国的影响，是一个明了的事实。欧洲本有一种二行以上的小诗,起于希腊,由罗马传入西欧,大抵为讽刺或说理之用,因为罗马诗人的这两种才能,似乎出于抒情以上,所以他们定"诗铭"的界说道:

诗铭同蜜蜂,应具三件事,
一刺,二蜜,三是小身体。

但是诗铭在希腊,如其名字 Epigramma 所示,原是墓志及造像之铭,其特性在短而不在有刺。希腊人自己的界说是这样说,
"诗铭必要的是一联(Distichon);倘若是过了三行,那么你是咏史诗,不是做诗铭了。"
所以这种小诗的特色是精炼,如西摩尼台思(Simonides, 500 B. C.)的《斯巴达国殇墓铭》云,

客为告拉该台蒙人们,
我们卧在这里,遵着他们的礼法。

又如柏拉图（Platon 400，B.C.）的《咏星》云，

你看着星么，我的星？
我愿为天空，得以无数的眼看你。

都可以作小诗的模范。但是中国的新诗在各方面都受欧洲的影响，独有小诗仿佛是在例外，因为他的来源是在东方的，这里边又有两种潮流，便是印度与日本，在思想上是冥想与享乐。

印度古来的宗教哲学诗里有一种短诗，中国称他为"偈"或"伽陀"，多是四行，虽然也有很长的。后来回教势力兴盛，波斯文学在那里发生影响，唵玛哈扬（Omar Khayyam，十世纪时诗人）一流的四行诗（Rubai）大约也就移植过去，加上一点飘逸与神秘的风味。这个详细的变迁我们不很知道，但是在最近的收获，泰谷尔（Tagore）的诗，尤其是《迷途的鸟》里，我们能够见到印度的代表的小诗，他的在中国诗上的影响是极著明的。日本古代的歌原是长短不等，但近来流行的只是三十一音和十七音的这两种；三十一音的名短歌，十七音的名

俳句，还有一种川柳，是十七音的讽刺诗，因为不曾介绍过，所以在中国是毫无影响的。此外有子夜歌一流的小呗，多用二十六音，是民间的文学，其流布比别的更为广远。这几种的区别，短歌大抵是长于抒情，俳句是即景寄情，小呗也以写情为主而更为质朴；至于简洁含蓄则为一切的共同点。从这里看来，日本的歌实在可以说是理想的小诗了。在中国新诗上他也略有影响，但是与印度的不同，因为其态度是现世的。如泰谷尔在《迷途的鸟》里说，

流水唱道，"我唱我的歌，那时我得我的自由。"——（用王靖君译文）

与谢野晶子的短歌之一云，

拿了咒诅的歌稿，按住了黑色的胡蝶。

在这里，大约可以看出他们的不同，因此受他们影响的中国小诗当然也可以分成两派了。

冰心女士的《繁星》，自己说明是受泰谷尔影响的，其中如六六及七四这两首云，

深林里的黄昏
是第一次么？
又好似是几时经历过。

婴儿
是伟大的诗人：
在不完全的言语中，
吐出最完全的诗句。

可以算是代表的著作，其后辗转模仿的很多，现在都无须列举了。俞平伯君的《忆游杂诗》——在《冬夜》中——虽然序中说及日本的短诗，但实际上是别无关系的，即如其中最近似的《南宋六陵》一首：

牛郎花，黄满山，
不见冬青树，红杜鹃儿血斑斑。

也是真正的乐府精神,不是俳句的趣味。《湖畔》中汪静之君的小诗,如其一云:

你该觉得罢——
仅仅是我自由的梦魂儿,
夜夜萦绕着你么?

却颇有短歌的意思。这一派诗的要点在于有弹力的集中,在汉语性质上或者是不很容易的事情,所以这派诗的成功比较的为难了。

我平常主张对于无论什么流派,都可以受影响,虽然不可模仿,因此我于这小诗的兴起,是很赞成,而且很有兴趣的看着他的生长。这种小幅的描写,在画大堂山水的人看去,或者是觉得无聊也未可知,但是如上面说过,我们在日常生活中,随时随地都有感兴,自然便有适于写一地的景色,一时的情调的小诗之需要。不过在这里有一个条件,这便是须成为一首小诗,——说明一句,可以说是真实简炼的诗。本来凡诗都非真实简炼不可,但在小诗尤为紧要。所谓真实并不单是非虚伪,还须有切迫的情思才行，否则只是谈话而非诗歌了。我们表现的欲求原是本能的，但是因了欲求的切迫与否，所表现的便成为诗歌或是谈话。譬如一颗火须燃烧至某一程度才能发出光焰，人的情思也须燃烧至某一程度才能变成诗料，在这程度之下不过是普通的说话，犹如盘香的火虽然维持着火的生命，却不能有大光焰了。所谓某一程度，即是平凡的特殊化，现代小说家康拉特（Joseph Conrad）所说的人生的比现实更真切的认知；诗人见了常人所习见的事物，犹能比常人更锐敏的受到一种铭感，将他艺术地表现出来，这便是诗。"倘若是很平凡浮浅的思想，外面披上诗歌形式的衣裳，那是没有实质的东西，别无足取。如将这两首短歌比较起来，便可以看出高下。

樵夫踏坏的山溪的朽木的桥上，有萤火飞着。——香川景树

心里怀念着人，见了泽上的萤火，也疑是从自己身里出来的梦游的魂。——和泉式部

第一首只是平凡无聊的事，第二首描写一种特殊的

情绪，就能感人；同是一首咏萤的歌，价值却大不相同了。"（见《日本的诗歌》中）所以小诗的第一条件是须表现实感，便是将切迫地感到的对于平凡的事物之特殊的感兴，迸跃地倾吐出来，几乎是迫于生理的冲动，在那时候这事物无论如何平凡，但已由作者分与新的生命，成为活的诗歌了。至于简炼这一层，比较的更易明了，可以不必多说。诗的效用本来不在明说而在暗示，所以最重含蓄，在篇幅短小的诗里自然更非讲字句的经济不可了。

对于现在发表的小诗，我们只能赏鉴，或者再将所得的印象写出来给别人看，却不易批评，因为我觉得自己没有这个权威，因为个人的赏鉴的标准多是主观的，不免为性情及境遇所限，未必能体会一切变化无穷的情境，这在天才的批评家或者可以，但在常人们是不可能的了。所以我们见了这些诗，觉得那几首好，那几首不好，可以当作个人的意见去发表，但读者要承认这并没有法律上的判决的力。至于附和之作大约好的很少，福禄特尔曾说，第一个将花比女子的人是天才，第二个说这话的便是呆子了。

现在对于小诗颇有怀疑的人，虽然也尽有理由，但总是未免责望太深了。正如馥泉君所说，"做诗，原是为我自己要做诗而做的。"做诗的人只要有一种强烈的感兴，觉得不能不说出来，而且有恰好的句调，可以尽量的表现这种心情，此外没有第二样的说法，那么这在作者就是真正的诗，他的生活之一片，他就可以自信的将他发表出去了。有没有永久的价值，在当时实在没有计较的工夫与余地。在批评家希望得见永久价值的作品，这原是当然的，但这种佳作是数年中难得一见的；现在想每天每月都遇到，岂不是过大的要求么？我的意见以为最好任各人自由去做他们自己的诗，做的好了，由个人的诗人而成为国民的诗人，由一时的诗而成为永久的诗，固然是最所希望的，即使不然，让各人发抒情思，满足自己的要求也是很好的事情。如有贤明的批评家给他们指示正当的途径，自然很是有益，但是我们未能自信有这贤明的见识，而且前进的路也不止一条，——除了倒退的路以外都是可以走的，因此这件事便颇有点为难了。做诗的人要做怎样的诗，什么形式，什么内容，什么方法，只能听他自己完全的自由，但有一个限制的条件，便是须用自己的话来写自己的情思。

## 《沉沦》

我在要谈到郁达夫先生所作的小说集《沉沦》之先，不得不对于"不道德的文学"这一个问题讲几句话，因为现在颇有人认他是不道德的小说。

据美国莫台耳（Mordell）在《文学上的色情》里所说，所谓不道德的文学共有三种，其一不必定与色情相关的，其余两种都是关于性的事情的。第一种的不道德的文学实在是反因袭思想的文学，也就可以说是新道德的文学。例如易卜生或托尔斯泰的著作，对于社会上各种名分的规律加以攻击，要重新估定价值，建立更为合理的生活，在他的本意原是道德的，然而从因袭的社会看来却觉得是"离经叛道"，所以加上一个不道德的名称。这正是一切革命思想的共通的运命，耶稣，哥白尼，达尔文，尼采，克鲁泡金都是如此；关于性的问题如惠忒曼凯本特等的思想，在当时也被斥为不道德，但在现代看来却正是最醇净的道德的思想了。

第二种的不道德的文学应该称作不端方的文学，其中可以分作三类。（一）是自然的，在古代社会上的礼仪不很整饬的时候，言语很是率真放任，在文学里也就留下痕迹，正如现在乡下人的粗鄙的话在他的背景里实在只是放诞，并没有什么故意的挑拨。（二）是反动的，禁欲主义或伪善的清净思想盛行之后，常有反动的趋势，大抵倾向于裸露的描写，因以反抗旧潮流的威严，如文艺复兴期的法意各国的一派小说，英国王政复古时代的戏曲，可以算作这类的代表。（三）是非意识的，这一类文学的发生并不限于时代及境地，乃出于人性的本然，虽不是端方的而也并非不严肃的，虽不是劝善的而也并非诲淫的；所有自然派的小说与颓废派的著作，大抵属于此类。据"精神分析"的学说，人间的精神活动无不以（广义的）性欲为中心，即在婴孩时代也有他的性的生活，其中主动的重要分子便是他苦（Sadistic）、自苦（Masochistic）、展览（Exhibitionistic）与窥视（Voyeuristic）的本能。这些本能得到相当的发达与满足，便造成平常的幸福的性的生活之基础，又因了升华作用而成为艺术与学问的根本；倘若因迫压而致蕴积不发，便会变成病的性欲，即所谓色情狂了。这色情在艺术上的表现，本来也是由于迫压，因为这些要求在现代文明——或好或坏——底下，常难得十分满足的机会，所以非意识的喷发出来，无论是高尚优美的抒情诗，或是不端方的（即猥亵的）小说，其动机仍是一样；讲到这里我们不得不承认那色情狂的著作也同属在这一类，但我们要辨明他是病的，与平常的文学不同，正如狂人与常人的不同，虽然这交界点的区画是很难的。莫台耳说，"亚普刘思（Apuleius）彼得洛纽思（Petronius）戈谛亚（Gautier）或左拉（Zola）等人的展览性，不但不损伤而且有时反增加他们著作的艺术的价值。"我们可以说《红楼梦》也如此，但有些中国的"淫书"却都是色情狂的了。猥亵只是端方的对面，并不妨害艺术的价值，天才的精神状态也本是异常的，然而在变态心理的中线以外的人与著作则不能不以狂论。但是色情狂的文学也只是狂的病的，不是不道德的，至于不端方的非即不道德，那自然是不必说了。

第三种的不道德的文学才是真正的不道德文学,因为这是破坏人间的和平,为罪恶作辩护的,如赞扬强暴诱拐的行为,或性的人身卖买者皆是。严格的说,非人道的名分思想的文章也是这一类的不道德的文学。

照上边说来,只有第三种文学是不道德的,其余的都不是;《沉沦》是显然属于第二种的非意识的不端方的文学,虽然有猥亵的分子而并无不道德的性质。著者在自序里说,"第一篇《沉沦》是描写着一个病的青年的心理,也可以说是青年忧郁病的解剖,里边也带叙着现代人的苦闷,——便是性的要求与灵肉的冲突。……第二篇是描写一个无为的理想主义者的没落。"虽然他也说明"这两篇是一类的东西,就把他们作连续的小说看,也未始不可的",但我想还不如综括的说,这集内所描写是青年的现代的苦闷,似乎更为确实。生的意志与现实之冲突是这一切苦闷的基本;人不满足于现实,而复不肯遁于空虚,仍就这坚冷的现实之中,寻求其不可得的快乐与幸福。现代人的悲哀与传奇时代的不同者即在于此。理想与实社会的冲突当然也是苦闷之一,但我相信他未必能完全独立,所以《南归》的主人公的没落与《沉沦》

的主人公的忧郁病终究还是一物。著者在这个描写上实在是很成功了。所谓灵肉的冲突原只是说情欲与迫压的对抗,并不含有批判的意思,以为灵优而肉劣;老实说来超凡入圣的思想倒反于我们凡夫觉得稍远了,难得十分理解,譬如中古诗里的"柏拉图的爱",我们如不将他解作性的崇拜,便不免要疑是自欺的饰词。我们赏鉴这部小说的艺术地写出这个冲突,并不要他指点出那一面的胜利与其寓意。他的价值在于非意识的展览自己,艺术地写出升化的色情,这也就是真挚与普遍的所在。至于所谓猥亵部分,未必损伤文学的价值;即使或者有人说不免太有东方气,但我以为倘在著者觉得非如此不能表现他的气分,那么当然没有可以反对的地方。但在《留东外史》,其价值本来只足与《九尾龟》相比,却不能援这个例,因为那些描写显然是附属的,没有重要的意义,而且态度也是不诚实的。《留东外史》终是一部"说书",而《沉沦》却是一件艺术的作品。

我临末要郑重的声明,《沉沦》是一件艺术的作品,但他是"受戒者的文学"(Literature for the initiated),而非一般人的读物。有人批评波特来耳的诗说,"他的幻景是黑而可怖的。他的著作的大部分颇不适合于少年与蒙昧者的诵读，但是明智的读者却能从这诗里得到真正希有的力。"这几句话正可以移用在这里。在已经受过人生的密戒，有他的光与影的性的生活的人，自能从这些书里得到希有的力，但是对于正需要性的教育的"儿童"们却是极不适合的。还有那些不知道人生的严肃的人们也没有诵读的资格，他们会把阿片去当饭吃的。关于这一层区别，我愿读者特别注意。

著者曾说，"不曾在日本住过的人，未必能知这书的真价。对于文艺无真挚的态度的人，没有批评这书的价值。"我这些空泛的闲话当然算不得批评，不过我不愿意人家凭了道德的名来批判文艺，所以略述个人的意见以供参考，至于这书的真价，大家知道的大约很多，也不必再要我来多说了。

## 《魔侠传》

我好久没有读古文译本的小说了，但是这回听说林纾陈家麟二君所译的《魔侠传》是西班牙西万提司的原作，不禁起了好奇心，搜求来一读，原来真是那部世界名著 *Don Quixote*（《吉诃德先生》）的第一分，原本五十二章，现在却分做四段了。

西万提司（Miguel de Cervantes，1547—1616）生于西班牙的文艺复兴时代，本是一个军人，在土耳其战争里左手受伤成了残废，归途中又为海贼所掳，带往非洲做了五年苦工；后来在本国做了几年的收税官，但是官俸拖欠拿不到手，反因税银亏折，下狱追比，到了晚年，不得不靠那余留的右手著书度日了。他的著作，各有相当的价值，但其中却以《吉诃德先生》为最佳，最有意义。据俄国都盖涅夫在《吉诃德与汉列忒》一篇论文里说，这两大名著的人物实足以包举永久的二元的人间性，为一切文化思想的本源；吉诃德代表信仰与理想，汉列忒（Hamlet）代表怀疑与分析；其一任了他的热诚，勇往直前，以就所自信之真理，虽牺牲一切而不惜；其一则凭了他的理知，批评万物，终于归到只有自己，但是对于这唯一的自己也不能深信。这两种性格虽是相反，但正因为有他们在那里互相撑拒，文化才有进步，《吉诃德先生》书内便把积极这一面的分子整个的刻画出来了。在本书里边吉诃德先生（译本作当块克苏替）与从卒山差邦札（译本作山差邦）又是一副绝好的对照：吉诃德是理想的化身，山差便是经验的化身了。山差是富于常识的人，他的跟了主人出来冒险，并不想得什么游侠的荣名，所念念不忘者只是做海岛的总督罢了；当那武士力战的时候，他每每利用机会去喝一口酒，或是把"敌人"的粮食装到自己的口袋里去。他也知道主人有点疯癫，知道自己做了武士的从卒的命运除了被捶以外是不会有什么好处的，但是他终于遍历患难，一直到吉诃德回家病死为止。都盖涅夫说，"本来民众常为运命所导引，无意的跟着曾为他们所嘲笑，所诅咒，所迫害的人而前去"，或者可以作一种说明。至于全书的精义，著者在第二分七十二章里说得很是明白：主仆末次回来的时候，山差望见村庄便跪下祝道，"我所怀慕的故乡，请你张开眼睛看他回到你这里来了，——你的儿子山差邦札，他身上满是鞭痕，倘若不是金子。请你又张了两臂，接受你的儿子吉诃德先生，他来了，虽然被别人所败，却是胜了自己了。据他告诉我，这是一切胜利中人们所最欲得的（大）胜利了……"这一句话不但是好极的格言，也就可以用作墓碑，纪念西班牙与其大著作家的辛苦而光荣的生活了。

《吉诃德先生》是一部"拟作"（Parody），讽刺当时盛行的游侠小说的，但在现今这只是文学史上的一件史实，和普通赏鉴文艺的没有什么关系了。全书凡一百八章，在现时的背景里演荒唐的事迹，用轻妙的笔致写真实的性格，又以快活健全的滑稽贯通其间，所以有永久的生命，成为世界的名著，他在第二分的序信上（一六一六年，当明朝万历末年）游戏的说道，中国皇帝有信给他，叫他把这一部小说寄去，以便作北京学校里西班牙语教科书用。他这笑话后来成为预言，中国居然也有了译本，但是因为我们的期望太大，对于译本的失望也就更甚，——倘若原来是"白髭拜"（Guy Boothby）一流人的著作，自然没有什么可惜。全部原有两分，但正如《鲁滨孙漂流记》一样，世间往往只取其上半部,（虽然下半部也是同样的好,）所以这一节倒还可以谅解。林君的古文颇有能传达滑稽味的力量，这是不易得的，但有时也大失败，如欧文的《拊掌录》的译文，有许多竟是恶札了。在这《魔侠传》里也不免如此,第十六章（译本第二段第二章）中云,

"骡夫在客店主人的灯光下看见他的情人是怎样的情形（案指马理多纳思被山差所打），便舍了吉诃德，跑过去帮助她。客店主人也跑过去，虽然是怀着不同的意思，因为他想去惩罚那个女人，相信她是这些和谐的唯一的原因。正如老话(案指一种儿童的复叠故事)里所说，猫向老鼠，老鼠向绳，绳向棍子，于是骡夫打山差，山差打女人，女人打他，客店主人打她，大家打得如此活泼，中间不容一刹那的停顿。"

汉译本上却是这几句话：

"而肆主人方以灯至。驴夫见其情人为山差邦所殴。

则舍奎沙达。奔助马累托。奎沙达见驴夫击其弟子。亦欲力疾相助。顾不能起。肆主人见状。知衅由马累托。则力蹴马累托。而驴夫则殴山差邦。而山差邦亦助殴马累托。四人纷纠。声至杂乱。"

至于形容马理多纳思（即马累托）的一节，两本也颇有异同，今并举于下：

"这客店里唯一的仆役是一个亚斯都利亚地方的姑娘，有一个宽阔的脸，平扁的后颅，塌鼻子，一只眼斜视，那一只也不平正，虽然她的身体的柔软可以盖过这些缺点，因为她的身长不过七掌（案约四尺半），两肩颇肥，使她不由的不常看着地面。"（以上并据斯密士1914版英译本）

"此外尚有一老妪。广额而丰颐。眇其一目。然颇捷。盖自顶及踵。不及三尺。肩博而厚。似有肉疾自累其身。"（林译本一之二）

这一类的例，举起来还很多，但是我想这个责任，口译者还须担负大半，因为译文之不信当然是口译者之过，正如译文之不达不雅——或太雅——是笔述者之过一样。他们所用的原本似乎也不很好，大约是一种普通删改本。英译本自十七世纪以来虽然种类颇多，但好的也少；十九世纪末的阿姆斯比（Ormsby）的四卷本，华支（Watts）的五卷本，和近来的斯密士（Smith）的一卷本，算是最为可靠，只可惜不能兼有陀勒（Dore）的插画罢了。爱西万提司的人，会外国文的都可以去得到适当的译本，（日本也有全译，）不会的只得去读这《魔侠传》，却也可以略见一斑，因为原作的趣味太丰厚了，正如华支在《西万提司评传》中所说，即使在不堪的译文如莫妥（Motteux）的杂译本里，他的好处还不曾完全失掉，所以我说《魔侠传》也并非全然无用，虽然我希望中国将来会有一部不辱没原作者的全译出现。

本文以外，还有几句闲话。原本三十一章（林译本三之四）中，安特勒思叫吉诃德不要再管闲事，省得使他反多吃苦，末了说，"我愿神使你老爷和生在世上的所有的侠客都倒了霉。"林君却译作，"似此等侠客在法宜骈首而诛，不留一人以害社会"，底下还加上两行小注道，"吾于党人亦然。"这种译文，这种批注，我真觉得可惊，此外再也没有什么可说了。

# 儿童剧

我近来很感到儿童剧的必要。这个理由,不必去远迢迢地从专门学者的书里,引什么演剧本能的话来作说明,只要回想自己儿时的经验便可明白了。

美国《小女人》的著者阿耳考忒(Louisa Alcott)说,"在仓间里的演剧,是最喜欢的一种娱乐。我们大规模的排演童话。我们的巨人从楼上连走带跌的下来,在甲克(Jack)把缠在梯子上的南瓜藤,当作那不朽的豆干,砍断了的时候。灰姐儿(Cinderella)坐了一个大冬瓜驰驱而去;一支长的黑灌肠经那看不见的手拿来长在浪费了那三个愿望的婆子的鼻子上。

巡礼的修士,带了钞袋行杖和帽上的海扇壳,在山中行路;地仙在私语的白桦林里开他们的盛会;野亭里的采莓的女伴受诗人和哲学家的赞美,他们以自己的机智与智慧为食,而少女们则供应更为实在的食物。"

我们的回忆没有这样优美,但也是一样的重要,至少于自己是如此。我不记得有"童话的戏剧化",十岁以前的事情差不多都忘却了,现在所记得的是十二岁往三味书屋读书时候的事情。那时所读的是"下中"和唐诗,当然不懂什么,但在路上及塾中得到多少见闻,使幼稚的心能够建筑起空想的世界来,慰藉那忧患寂寞的童年,是很可怀念的。从家里到塾中不过隔着十家门面,其中有一家的主人头大身矮,家中又养着一只不经见的山羊,(后来才知这是养着厌禳火灾的,)便觉得很有一种超自然的气味;同学里面有一个身子很长,虽然头也同常人一样的大,但是在全身比例上就似乎很小了;又有一个长辈,因为吸鸦片烟的缘故,耸着两肩,仿佛在大衫底下横着一根棒似的:这几个现实的人,在那时看了都有点异样,于是拿来戏剧化了,在有两株桂花的院子里扮演这日常的童话剧。"大头"不幸的被想化做凶恶的巨人,带领着山羊,占据了岩穴,扰害别人,"小头"和"耸肩"的两个朋友便各仗了法术去征服他:"小头"从石窟缝里伸进头去窥探他的动静,"耸肩"等他出来,只用肩一夹,便把他装在肩窝里捉了来了。这些思想尽管荒唐，而且很有唐突那几位本人的地方，但在那时觉得非常愉快，用现代的话来讲，演着这剧的时候实在是得到充实生活的少数瞬间之一。我们也扮演喜剧，如"打败贺家武秀才"之类，但总太与现实接触，不能感到十分的喜悦，所以就经验上说，这大头剧要算第一有趣味了。后来在北京看旧戏，精神上受了一种打击，对于演剧几乎从此绝缘，回想过去却有全心地生活在戏剧内的一个时期，真是连自己都有点不能相信了。

以上因了自己的经验，便已足以证明儿童剧的必要，一方面教育专家也在那里主张，那更是有力的保证了。近日读美国斯庚那，西奇威克和诺依思诸人的儿童剧与日本坪内逍遥的《家庭用儿童剧》一、二集，觉得很有趣味，甚希望中国也有一两种这样的书，足供家庭及学校之用。理想的儿童剧固在儿童的自编自演，但一二参考引导的书也不可少，而且借此可以给大人们一个具体的说明，使他们能够正当的理解，尤其重要。儿童剧于幼稚教育当然很有效用，不过这应当是广义的，决不可限于道德或教训的意义。我想这只须消极的加以斟酌，只要没有什么害就好,而且即此也就可以说有好处了。所以有许多在因袭的常识眼光以为不合的,都不妨事,如荒唐的,怪异的,虚幻的皆是。总之这里面的条件,第一要紧是一个童话的世界,虽以现实的事物为材而全体的情调应为非现实的,有如雾里看花,形色变易,才是合作,这是我从经验里抽出来的理论。作者只要复活他的童心,(虽然是一件难的工作,)照着心奥的镜里的影子,参酌学艺的规律,描写下来,儿童所需要的剧本便可成功,即使不能说是尽美,也就十得六七了。

我们没有迎合社会心理,去给群众做应制的诗文的义务,但是迎合儿童心理供给他们文艺作品的义务,我们却是有的;正如我们应该拒绝老辈的鸦片烟的供应而不得不供给小孩的乳汁。我很希望于儿歌童话以外,有美而健全的儿童剧本出现于中国,使他们得在院子里树阴下或唱或读,或演扮浪漫的故事,正当地享受他们应得的悦乐。

## 《镜花缘》

我的祖父是光绪初年的翰林,在二十年前已经故去了,他不曾听到国语文学这些名称,但是他的教育法却很特别。他当然仍教子弟学做时文,唯第一步的方法是教人自由读书,尤其是奖励读小说,以为最能使人"通",等到通了之后,再弄别的东西便无所不可了。他所保举的小说,是《西游记》《镜花缘》《儒林外史》这几种,这也就是我最初所读的书。(以前也曾念过"四子全书",不过那只是"念"罢了。)

我幼年时候所最喜欢的是《镜花缘》。林之洋的冒险,大家都是赏识的,但是我所爱的是多九公,因为他能识得一切的奇事和异物。对于神异故事之原始的要求,长在我们的血脉里,所以《山海经》《十洲记》《博物志》之类千余年前的著作,在现代人的心里仍有一种新鲜的引力：九头的鸟，一足的牛，实在是荒唐无稽的话，但又是怎样的愉快呵。《镜花缘》中飘海的一部分，就是这些分子的近代化，我想凡是能够理解荷马史诗《阿迭绥亚》的趣味的，当能赏识这荒唐的故事。

有人要说，这些荒唐的话即是诳话。我当然承认。但我要说明，以欺诈的目的而为不实之陈述者才算是可责，单纯的——为说诳而说的诳话，至少在艺术上面，没有是非之可言。向来大家都说小孩喜说诳话，是作贼的始基，现代的研究才知道并不如此。小孩的诳话大都是空想的表现，可以说是艺术的创造；他说我今天看见一条有角的红蛇，决不是想因此行诈得到什么利益，实在只是创作力的活动，用了平常的材料，组成特异的事物，以自娱乐。叙述自己想象的产物，与叙述现世的实生活是同一的真实，因为经验并不限于官能的一方面。我们要小孩诚实，但这当推广到使他并诚实于自己的空想。诳话的坏处在于欺蒙他人，单纯的诳话则只是欺蒙自己，他人也可以被其欺蒙——不过被欺蒙到梦幻的美里去，这当然不能算是什么坏处了。

王尔德有一篇对话，名 *The Decay of Lying*（《说诳

的衰颓》），很叹息于艺术的堕落。《狱中记》译者的序论里把Lying译作"架空"，仿佛是忌避说诳这一个字，（日本也是如此，）其实有什么要紧。王尔德那里会有忌讳呢？他说文艺上所重要者是"讲美的而实际上又没有的事"，这就是说诳。但是他虽然这样说，实行上却还不及他的同乡丹绥尼；"这世界在歌者看来，是为了梦想者而造的"，正是极妙的赞语。科伦（P. Colum）在丹绥尼的《梦想者的故事》的序上说：

"他正如这样的一个人，走到猎人的寓居里，说道，你们看这月亮很奇怪。我将告诉你，月亮是怎样做的，又为什么而做的。既然告诉他们月亮的事情之后，他又接续着讲在树林那边的奇异的都市，和在独角兽的角里的珍宝。倘若别人责他专讲梦想与空想给人听，他将回答说，我是在养活他们的惊异的精神，惊异在人是神圣的。

我们在他的著作里几乎不能发见一点社会的思想。但是，却有一个在那里，这便是一种对于减缩人们想象力的一切事物，——对于凡俗的都市，对于商业的实利，对于从物质的组织所发生的文化之严厉的敌视。"

梦想是永远不死的。在恋爱中的青年与在黄昏下的老人都有他的梦想,虽然她们的颜色不同。人之子有时或者要反叛她,但终究还回到她的怀中来。我们读王尔德的童话,赏识他种种好处,但是《幸福的王子》和《渔夫与其魂》里的叙述异景总要算是最美之一了。我对于《镜花缘》,因此很爱他那飘洋的记述。我也爱《呆子伊凡》或《麦加尔的梦》,然而我或者更幼稚地爱希腊神话。

记得《聊斋志异》卷头有一句诗道,"姑妄言之姑听之",这是极妙的话。《西游记》《封神传》以及别的荒唐的话(无聊的模拟除外),在这一点上自有特别的趣味,不过这也是对于所谓受戒者(The Initiated)而言,不是一般的说法,更非所论于那些心思已入了牛角湾的人们。他们非用纪限仪显微镜来测看艺术,便对着画钟馗供香华灯烛;在他们看来,则《镜花缘》若不是可恶的妄语必是一部信史了。

## 《爱的创作》

《爱的创作》是与谢野晶子感想集的第十一册。与谢野夫人（她本姓凤）曾作过好些小说和新诗，但最有名的还是她的短歌，在现代歌坛上仍占据着第一流的位置。十一卷的感想集，是十年来所做的文化批评的工作的成绩，总计不下七八百篇，论及人生各方面，范围也很广大，但是都有精采，充满着她自己所主张的"博大的爱与公明的理性"，此外还有一种思想及文章上的温雅（Okuyukashisa），这三者合起来差不多可以表出她的感想文的特色。我们看日本今人的"杂感"类文章，觉得内田鲁庵的议论最为中正，与她相仿，唯其文章虽然更为轻妙，温雅的度却似乎要减少一点了。

《爱的创作》凡七十一篇，都是近两年内的著作。其中用作书名的一篇关于恋爱问题的论文，我觉得很有趣味，因为在这微妙的问题上她也能显出独立而高尚的判断来。普通的青年都希望一劳永逸的不变的爱，著者却以为爱原是移动的，爱人各须不断的创作，时时刻刻共相推移，这才是养爱的正道。她说：

"人的心在移动是常态，不移动是病理。幼少而不移动是为痴呆，成长而不移动则为老衰的征候。

在花的趣味上，在饮食的嗜好上，在衣服的选择上，从少年少女的时代起，一生不知要变化多少回。正是因为如此，人的生活所以精神的和物质的都有进步。……世人的俗见常以为夫妇亲子的情爱是不变动的。但是在花与衣服上会变化的心，怎么会对于与自己更直接有关系的生活倒反不敏感地移动呢？

就我自己的经验上说，这二十年间我们夫妇的爱情不知经过多大的变化来了。我们的爱，决不是以最初的爱一贯继续下去，始终没有变动的，固定的静的夫妇关系。我们不断的努力，将新的生命吹进两人的爱情里去，破坏了重又建起，锻炼坚固，使他加深，使他醇化。……我们每日努力重新播种，每日建筑起以前所无的新的爱之生活。

我们不愿把昨日的爱就此静止了，再把他涂饰起来，称作永久不变的爱：我们并不依赖这样的爱。我们常在祈望两人的爱长是进化移动而无止息。

倘若不然，那恋爱只是心的化石，不能不感到困倦与苦痛了罢。

我们曾把这意见告诉生田长江君，他很表同意，答说，'理想的夫妇是每日在互换爱的新证书的。'我却想这样的说，更适切的表出我们的实感，便是说夫妇是每日在为爱的创作的。"

凯本德在《爱与死之戏剧》上引用爱伦凯的话说，"贞义决不能约束的，只可以每日重新地去赢得。"又说，"在古代所谓恋爱法庭上，武士气质的人明白了解的这条真理，到了现今还必须力说，实在是可悲的事。恋爱法庭所说明的，恋爱与结婚不能相容的理由之一，便是说妻决不能从丈夫那边得到情人所有的那种殷勤，因为在情人当作恩惠而承受者，丈夫便直取去视若自己的权利。"理想的结婚便是在夫妇间实行情人们每日赢得交互的恩惠之办法。凯本德归结的说，"要使恋爱年年保存这周围的浪漫的圆光，以及这侍奉的深情，便是每日自由给与的恩惠，这实在是一个大艺术。这是大而且难的，但是的确值得去做的艺术。"这个爱之术到了现代已成为切要的研究，许多学者都着手于此，所谓爱的创作就是从艺术见地的一个名称罢了。

中国关于这方面的文章，我只见到张竞生君的一篇《爱情的定则》。无论他的文句有怎样不妥的地方，但我相信他所说的"凡要讲真正完全爱情的人不可不对于所欢的时时刻刻改善提高彼此相爱的条件。一可得了爱情上时时进化的快感，一可杜绝敌手的竞争"这一节话，总是十分确实的。但是道学家见了都着了忙，以为爱应该是永久不变的，所以这是有害于世道人心的邪说。道学家本来多是"神经变质的"（Neurotic），他的特征是自己觉得下劣脆弱；他们反对两性的解放，便因为自知如没有传统的迫压他必要放纵不能自制，如恋爱上有了自由竞争他必没有侥幸的希望。他们所希冀的是异性一时不慎上了他的钩，于是便可凭了永久不变的恋爱的神圣之名把她占有专利，更不怕再会逃脱。这好像是"出店不认货"的店铺，专卖次货，生怕买主后来看出破绽要来退还，所以立下这样规则，强迫不慎的买主收纳有破绽的次货。真正用爱者当如园丁，想培养出好花，先须用上相当的精力，这些道学家却只是性的渔人罢了。大抵神经变质者最怕听于自己不利的学说，如生存竞争之说很为中国人所反对，这便因为自己没有生存力的缘故，并不是中国人真是酷爱和平；现在反对爱之移动说也正是同样的理由。但是事实是最大的威吓者，他们粉红色的梦能够继续到几时呢。

爱是给与，不是酬报。中国的结婚却还是贸易，这其间真差得太远了。

**附记**

近来阅霭理斯的《性的心理研究》第五卷《色情的象征》，第六章中引法国泰耳特（G. Tarde）的论文《病的恋爱》，有这几句话："我们在和一个女人恋爱以前，要费许多时光；我们必须等候，看出那些节目，使我们注意，喜悦，而且使我们因此掩过别的不快之点。不过在正则的恋爱上，那些节目很多而且常变。恋爱的贞义无非是一种环绕着情人的航行，一种探险的航行而永远得着新的发见。最诚实的爱人，不会两天接续的同样的爱着一个女人。"他的话虽似新奇，却与《爱的创作》之说可以互相参证。编订时追记。

# 雨天的书

## 《雨天的书》自序一

今年冬天特别的多雨，因为是冬天了，究竟不好意思倾盆的下，只是蜘蛛丝似的一缕缕的洒下来。雨虽然细得望去都看不见，天色却非常阴沉，使人十分气闷。在这样的时候，常引起一种空想，觉得如在江村小屋里，靠玻璃窗，烘着白炭火钵，喝清茶，同友人谈闲话，那是颇愉快的事。不过这些空想当然没有实现的希望，再看天色，也就愈觉得阴沉。想要做点正经的工作，心思散漫，好像是出了气的烧酒，一点味道都没有，只好随便写一两行，并无别的意思，聊以对付这雨天的气闷光阴罢了。

冬雨是不常有的，日后不晴也将变成雪霰了。但是在晴雪明朗的时候，人们的心里也会有雨天，而且阴沉的期间或者更长久些，因此我这雨天的随笔也就常有续写的机会了。

（一九二三年十一月五日，在北京。）

## 《雨天的书》自序二

前年冬天《自己的园地》出版以后,起手写《雨天的书》,在半年里只写了六篇,随即中止了,但这个题目我很欢喜,现在仍旧拿了来作这本小书的名字。

这集子里共有五十篇小文,十分之八是近两年来的文字,《初恋》等五篇则是从《自己的园地》中选出来的。这些大都是杂感随笔之类,不是什么批评或论文。据说天下之人近来已看厌这种小品文了,但我不会写长篇大文,这也是无法。我的意思本来只想说我自己要说的话,这些话没有趣味,说又说得不好,不长,原是我自己的缺点,虽然缺点也就是一种特色。这种东西发表出去,厌看的人自然不看,没有什么别的麻烦,不过出版的书店要略受点损失罢了,或者,我希望,这也不至于很大吧。

我编校这本小书毕,仔细思量一回,不禁有点惊诧,因为意外地发见了两件事。一，我原来乃是道德家，虽然我竭力想摆脱一切的家数，如什么文学家批评家，更不必说道学家。我平素最讨厌的是道学家，（或照新式称为法利赛人，）岂知这正因为自己是一个道德家的缘故；我想破坏他们的伪道德不道德的道德，其实却同时非意识地想建设起自己所信的新的道德来。我看自己一篇篇的文章，里边都含着道德的色彩与光芒，虽然外面自说着流氓似的土匪似的话。我很反对为道德的文学，但自己总做不出一篇为文章的文章，结果只编集了几卷说教集，这是何等滑稽的矛盾。也罢，我反正不想进文苑传，（自然也不想进儒林传，）这些可以不必管他，还是"从吾所好"，一径这样走下去吧。

二，我的浙东人的气质终于没有脱去。我们一族住在绍兴只有十四世，其先不知是那里人，虽然普通称是湖南道州，再上去自然是鲁国了。这四百年间越中风土的影响大约很深，成就了我的不可拔除的浙东性，这就是世人所通称的"师爷气"。本来师爷与钱店官同是绍兴出产的坏东西，民国以来已逐渐减少，但是他那法家的苛刻的态度，并不限于职业，却弥漫及于乡间，仿佛成为一种潮流，清朝的章实斋李越缦即是这派的代表，他们都有一种喜骂人的脾气。我从小知道"病从口入祸从口出"的古训，后来又想溷迹于绅士淑女之林，更努力学为周慎，无如旧性难移，燕尾之服终不能掩羊脚，检阅旧作，满口柴胡，殊少敦厚温和之气；呜呼，我其终为"师爷派"矣乎？虽然，此亦属没有法子，我不必因自以为是越人而故意如此，亦不必因其为学士大夫所不喜而故意不如此；我有志为京兆人，而自然乃不容我不为浙人，则我亦随便而已耳。

我近来作文极慕平淡自然的景地。但是看古代或外国文学才有此种作品，自己还梦想不到有能做的一天，因为这有气质境地与年龄的关系，不可勉强，像我这样褊急的脾气的人，生在中国这个时代，实在难望能够从容镇静地做出平和冲淡的文章来。我只希望，祈祷，我的心境不要再粗糙下去，荒芜下去，这就是我的大愿望。我查看最近三四个月的文章，多是照例骂那些道学家的，但是事既无聊，人亦无聊，文章也就无聊了，便是这样的一本集子里也不值得收入。我的心真是已经太荒芜了。田园诗的境界是我以前偶然的避难所，但这个我近来也有点疏远了。以后要怎样才好,还须得思索过,——只可惜现在中国连思索的余暇都还没有。

(十四年十一月十三日,病中倚枕书。)

英国十八世纪有约翰妥玛斯密(John Thomas Smith)著有一本书,也可以译作"雨天的书"(*Book for a Rainy Day*),但他是说雨天看的书,与我的意思不同。这本书我没有见过,只在讲诗人勃莱克(William Blake)的书里看到一节引用的话,因为他是勃莱克的一个好朋友。

(十五日又记)

# 鸟声

古人有言,"以鸟鸣春。"现在已过了春分,正是鸟声的时节了,但我觉得不大能够听到,虽然京城的西北隅已经近于乡村。这所谓鸟当然是指那飞鸣自在的东西,不必说鸡鸣咿咿鸭鸣呷呷的家奴,便是熟番似的鸽子之类也算不得数,因为他们都是忘记了四时八节的了。我所听见的鸟鸣只有檐头麻雀的啾啁,以及槐树上每天早来的啄木的干笑,——这似乎都不能报春,麻雀的太琐碎了,而啄木又不免多一点干枯的气味。

英国诗人那许(Nash)有一首诗,被录在所谓《名诗选》(*Golden Treasury*)的卷首。他说,春天来了,百花开放,姑娘们跳舞着,天气温和,好鸟都歌唱起来,他列举四样鸟声:

Cuckoo, jug-jug, pu-we, to-witta-woo！

这九行的诗实在有趣，我却总不敢译，因为怕一则译不好，二则要译错。现在只抄出一行来，看那四样是什么鸟。第一种是勃姑，书名鸤鸠，他是自呼其名的，可以无疑了。第二种是夜莺，就是那林间的"发痴的鸟"，古希腊女诗人称之曰"春之使者，美音的夜莺"，他的名贵可想而知，只是我不知道他到底是什么东西。我们乡间的黄莺也会"翻叫"，被捕后常因想念妻子而急死，与他西方的表兄弟相同，但他要吃小鸟，而且又不发痴地唱上一夜以至于呕血。第四种虽似异怪乃是猫头鹰。第三种则不大明了，有人说是蚊母鸟，或云是田凫，但据斯密士的《鸟的生活与故事》第一章所说系小猫头鹰。倘若是真的，那么四种好鸟之中猫头鹰一家已占其二了。斯密士说这二者都是褐色猫头鹰，与别的怪声怪相的不同，他的书中虽有图像，我也认不得这是鸱是鸮还是流离之子，不过总是猫头鹰之类罢了。儿时曾听见他们的呼声，有的声如货郎的摇鼓，有的恍若连呼"掘洼"（dzhuehuoang），俗云不祥主有死丧，所以闻者多极懊恼，大约此风古已有之，查检观颐道人的《小演雅》，所录古今禽言中不见有猫头鹰的话。然而仔细回想，觉得那些叫声实在并不错，比任何风声箫声鸟声更为有趣，如诗人谢勒（Shelley）所说。

现在，就北京来说，这几样鸣声都没有，所有的还只是麻雀和啄木鸟。老鸹，乡间称云乌老鸦，在北京是每天可以听到的，但是一点风雅气也没有，而且是通年噪聒，不知道他是那一季的鸟。麻雀和啄木鸟虽然唱不出好的歌来，在那琐碎和干枯之中到底还含一些春气；唉唉，听那不讨人欢喜的乌老鸦叫也已够了，且让我们欢迎这些鸣春的小鸟，倾听他们的谈笑罢。

"啾唽，啾唽！"

"嘎嘎！"

（十四年四月）

# 日记与尺牍

日记与尺牍是文学中特别有趣味的东西，因为比别的文章更鲜明的表出作者的个性。诗文小说戏曲都是做给第三者看的，所以艺术虽然更加精炼，也就多有一点做作的痕迹。信札只是写给第二个人，日记则给自己看的，（写了日记预备将来石印出书的算作例外，）自然是更真实更天然的了。我自己作文觉得都有点做作，因此反动地喜看别人的日记尺牍，感到许多愉快。我不能写日记，更不善写信，自己的真相仿佛在心中隐约觉到，但要写他下来，即使想定是私密的文字，总不免还有做作，——这并非故意如此，实在是修养不足的缘故，然而因此也愈觉得别人的日记尺牍之佳妙，可喜亦可贵了。

中国尺牍向来好的很多，文章与风趣多能兼具，但最佳者还应能显出主人的性格。《全晋文》中录王羲之杂帖，有这两章：

"吾顷无一日佳，衰老之弊日至，夏不得有所啖，而犹有劳务，甚劣劣。"

"不审复何似？永日多少看未？九日当采菊不？至日欲共行也，但不知当晴不耳？"

我觉得这要比"奉橘三百颗"还有意思。日本诗人芭蕉（Bashō）有这样一封向他的门人借钱的信，在寥寥数语中画出一个飘逸的俳人来。

"欲往芳野行脚，希惠借银五钱。此系勒借，容当奉还。唯老夫之事，亦殊难说耳。

去来君　芭蕉。"

日记又是一种考证的资料。近阅汪辉祖的《病榻梦痕录》上卷，乾隆二十年（1755）项下有这几句话：

"绍兴秋收大歉。次年春夏之交，米价斗三百钱，丐殍载道。"同五十九年（1794）项下又云：

"夏间米一斗钱三百三四十文。往时米价至一百五六十文，即有饿殍，今米常贵而人尚乐生，盖往年专贵在米，今则鱼虾蔬果无一不贵，故小贩村农俱可糊口。"

这都是经济史的好材料，同时也可以看出他精明的性分。日本俳人一茶（Issa）的日记一部分流行于世，最新发见刊行的为《一茶旅日记》，文化元年（1804）十二月中有记事云：

"二十七日阴，买锅。

二十九日雨，买酱。"

十几个字里贫穷之状表现无遗。同年五月项下云，

"七日晴，投水男女二人浮出吾妻桥下。"此外还多同类的记事，年月从略：

"九日晴，南风。妓女花井火刑。"

"二十四日晴。夜，庵前板桥被人窃去。

二十五日雨。所余板桥被窃。"

这些不成章节的文句却含着不少的暗示的力量，我们读了恍惚想见作者的人物及背景，其效力或过于所作的俳句。我喜欢一茶的文集《俺的春天》，但也爱他的日记，虽然除了吟咏以外只是一行半行的纪事，我却觉得他尽有文艺的趣味。

在外国文人的日记尺牍中有一两节关于中国人的文章，也很有意思，抄录于下，博读者之一粲。倘若读者

不笑而发怒,那是介绍者的不好,我愿意赔不是,只请不要见怪原作者就好了。

夏目漱石日记,明治四十二年(1909):

"七月三日

晨六时地震。夜有支那人来,站在栅门前说把这个开了。问是谁,来干什么,答说我你家里的事都听见,姑娘八位,使女三位,三块钱。完全像个疯子。说你走罢也仍不回去,说还不走要交给警察了,答说我是钦差,随出去了。是个荒谬的东西。"

以上据《漱石全集》第十一卷译出,后面是从英译《契诃夫书简集》中抄译的一封信。

契诃夫与妹书:

"一八九〇年六月二十九日,在木拉伏夫轮船上。

我的舱里流星纷飞,——这是有光的甲虫,好像是电气的火光。白昼里野羊游泳过黑龙江。这里的苍蝇很大。我和一个契丹人同舱,名叫宋路理,他屡次告诉我,在契丹为了一点小事就要'头落地'。昨夜他吸鸦片烟醉了,睡梦中只是讲话,使我不能睡觉。二十七日我在契丹爱珲城近地一走。我似乎渐渐的走进一个怪异的世界里去了。轮船播动，不好写字。

明天我将到伯力了。那契丹人现在起首吟他扇上所写的诗了。"

(十四年三月)

## 故乡的野菜

我的故乡不止一个，凡我住过的地方都是故乡。故乡对于我并没有什么特别的情分，只因钓于斯游于斯的关系，朝夕会面，遂成相识，正如乡村里的邻舍一样，虽然不是亲属，别后有时也要想念到他。我在浙东住过十几年，南京东京都住过六年，这都是我的故乡；现在住在北京，于是北京就成了我的家乡了。

日前我的妻往西单市场买菜回来，说起有荠菜在那里卖着，我便想起浙东的事来。荠菜是浙东人春天常吃的野菜，乡间不必说，就是城里只要有后园的人家都可以随时采食，妇女小儿各拿一把剪刀一只"苗篮"，蹲在地上搜寻，是一种有趣味的游戏的工作。那时小孩们唱道，"荠菜马兰头，姊姊嫁在后门头。"后来马兰头有乡人拿来进城售卖了，但荠菜还是一种野菜，须得自家去采。

关于荠菜向来颇有风雅的传说,不过这似乎以吴地为主。《西湖游览志》云,"三月三日男女皆戴荠菜花。谚云,三春戴荠花,桃李羞繁华。"顾禄的《清嘉录》上亦说,"荠菜花俗呼野菜花,因谚有三月三蚂蚁上灶山之语,三日人家皆以野菜花置灶陉上,以厌虫蚁。侵晨村童叫卖不绝。或妇女簪髻上以祈清目,俗号眼亮花。"但浙东却不很理会这些事情,只是挑来做菜或炒年糕吃罢了。

黄花麦果通称鼠麴草,系菊科植物,叶小,微圆互生,表面有白毛,花黄色,簇生梢头。春天采嫩叶,捣烂去汁,和粉作糕,称黄花麦果糕。小孩们有歌赞美之云,

黄花麦果韧结结,

关得大门自要吃:

半块拿弗出,一块自要吃。

清明前后扫墓时,有些人家——大约是保存古风的人家——用黄花麦果作供,但不作饼状,做成小颗如指顶大,或细条如小指,以五六个作一攒,名曰茧果,不知是什么意思,或因蚕上山时设祭,也用这种食品,故

有是称，亦未可知。自从十二三岁时外出不参与外祖家扫墓以后，不复见过茧果，近来住在北京，也不再见黄花麦果的影子了。日本称作"御形"，与荠菜同为春的七草之一，也采来做点心用，状如艾饺，名曰"草饼"，春分前后多食之，在北京也有，但是吃去总是日本风味，不复是儿时的黄花麦果糕了。

扫墓时候所常吃的还有一种野菜，俗名草紫，通称紫云英。农人在收获后，播种田内，用作肥料，是一种很被贱视的植物，但采取嫩茎瀹食，味颇鲜美，似豌豆苗。花紫红色，数十亩接连不断，一片锦绣，如铺着华美的地毯，非常好看，而且花朵状若胡蝶，又如鸡雏，尤为小孩所喜。间有白色的花，相传可以治痢，很是珍重，但不易得。日本《俳句大辞典》云，"此草与蒲公英同是习见的东西，从幼年时代便已熟识，在女人里边，不曾采过紫云英的人，恐未必有罢。"中国古来没有花环，但紫云英的花球却是小孩常玩的东西，这一层我还替那些小人们欣幸的。浙东扫墓用鼓吹，所以少年常随了乐音去看"上坟船里的姣姣"；没有钱的人家虽没有鼓吹，但是船头上篷窗下总露出些紫云英和杜鹃的花束，这也就是上坟船的确实的证据了。

（十三年二月）

# 喝茶

前回徐志摩先生在平民中学讲"吃茶",——并不是胡适之先生所说的"吃讲茶",——我没有工夫去听,又可惜没有见到他精心结构的讲稿,但我推想他是在讲日本的"茶道"(英文译作 Teaism),而且一定说的很好,茶道的意思,用平凡的话来说,可以称作"忙里偷闲,苦中作乐",在不完全的现世享乐一点美与和谐,在刹那间体会永久,是日本之"象征的文化"里的一种代表艺术。关于这一件事,徐先生一定已有透彻巧妙的解说,不必再来多嘴,我现在所想说的,只是我个人的很平常的喝茶罢了。

喝茶以绿茶为正宗。红茶已经没有什么意味,何况又加糖——与牛奶?葛辛(George Gissing)的《草堂随笔》(*Private Papers of Henry Ryecroft*)确是很有趣味的书,但冬之卷里说及饮茶,以为英国家庭里下午的红茶与黄油面包是一日中最大的乐事，支那饮茶已历千百年，未必能领略此种乐趣与实益的万分之一，则我殊不以为然。红茶带"土斯"未始不可吃，但这只是当饭，在肚饥时食之而已；我的所谓喝茶，却是在喝清茶，在赏鉴其色与香与味，意未必在止渴，自然更不在果腹了。中国古昔曾吃过煎茶及抹茶，现在所用的都是泡茶，冈仓觉三在《茶之书》（*Book of Tea*，1919）里很巧妙的称之曰"自然主义的茶"，所以我们所重的即在这自然之妙味。中国人上茶馆去，左一碗右一碗的喝了半天，好像是刚从沙漠里回来的样子，颇合于我的喝茶的意思，（听说闽粤有所谓吃工夫茶者自然也有道理，）只可惜近来太是洋场化，失了本意，其结果成为饭馆子之流，只在乡村间还保存一点古风，唯是屋宇器具简陋万分，或者但可称为颇有喝茶之意，而未可许为已得喝茶之道也。

喝茶当于瓦屋纸窗之下，清泉绿茶，用素雅的陶瓷茶具，同二三人共饮，得半日之闲，可抵十年的尘梦。喝茶之后，再去继续修各人的胜业，无论为名为利，都无不可，但偶然的片刻优游乃正亦断不可少。中国喝茶时多吃瓜子，我觉得不很适宜；喝茶时可吃的东西应当是轻淡的"茶食"。中国的茶食却变了"满汉饽饽",其性质与"阿阿兜"相差无几,不是喝茶时所吃的东西了。日本的点心虽是豆米的成品,但那优雅的形色,朴素的味道,很合于茶食的资格,如各色的"羊羹"(据上田恭辅氏考据,说是出于中国唐时的羊肝饼),尤有特殊的风味。江南茶馆中有一种"干丝",用豆腐干切成细丝,加姜丝酱油,重汤炖热,上浇麻油,出以供客,其利益为"堂倌"所独有。豆腐干中本有一种"茶干",今变而为丝,亦颇与茶相宜。在南京时常食此品,据云有某寺方丈所制为最,虽也曾尝试,却已忘记,所记得者乃只是下关的江天阁而已。学生们的习惯,平常"干丝"既出,大抵不即食,等到麻油再加,开水重换之后,始行举箸,最为合式,因为一到即罄,次碗继至,不遑应酬,否则麻油三浇,旋即撤去,怒形于色,未免使客不欢而散,茶意都消了。

吾乡昌安门外有一处地方,名三脚桥(实在并无三脚,乃是三出,因以一桥而跨三汊的河上也),其地有豆腐店曰周德和者,制茶干最有名。寻常的豆腐干方约寸半,厚三分,值钱二文,周德和的价值相同,小而且薄,几及一半,黝黑坚实,如紫檀片。我家距三脚桥有步行

两小时的路程,故殊不易得,但能吃到油炸者而已。每天有人挑担设炉镬,沿街叫卖,其词曰,

辣酱辣,
麻油炸,
红酱搽,辣酱拓:
周德和格五香油炸豆腐干。

其制法如上所述,以竹丝插其末端,每枚值三文。豆腐干大小如周德和,而甚柔软,大约系常品,唯经过这样烹调,虽然不是茶食之一,却也不失为一种好豆食。——豆腐的确也是极东的佳妙的食品,可以有种种的变化,唯在西洋不会被领解,正如茶一般。

日本用茶淘饭,名曰"茶渍",以腌菜及"泽庵"(即福建的黄土萝卜,日本泽庵法师始传此法,盖从中国传去)等为佐,很有清淡而甘香的风味。中国人未尝不这样吃,唯其原因,非由穷困即为节省,殆少有故意往清茶淡饭中寻其固有之味者,此所以为可惜也。

(十三年十二月)

# 我们的敌人

我们的敌人是什么？不是活人，乃是野兽与死鬼，附在许多活人身上的野兽与死鬼。

小孩的时候，听了《聊斋志异》或《夜谭随录》的故事，黑夜里常怕狐妖僵尸的袭来；到了现在，这种恐怖是没有了，但在白天里常见狐妖僵尸的出现，那更可怕了。在街上走着，在路旁站着，看行人的脸色，听他们的声音，时常发见妖气，这可不是"画皮"么？谁也不能保证。我们为求自己安全起见，不能不对他们为"防御战"。

有人说，"朋友，小心点，像这样的神经过敏下去，怕不变成疯子，——或者你这样说，已经有点疯意也未可知。"不要紧，我这样宽懈的人那里会疯呢？看见别人便疑心他有尾巴或身上长着白毛，的确不免是疯人行径，在我却不然，我是要用了新式的镜子从人群中辨别出这些异物而驱除之。而且这法子也并不烦难，一点都没有什么神秘：我们只须看他，如见了人便张眼露齿，口咽唾沫，大有拿来当饭之意，则必是"那件东西"，无论他在社会上是称作天地君亲师，银行家，拆白党或道学家。

据达尔文他们说，我们与虎狼狐狸之类讲起来本来有点远亲，而我们的祖先无一不是名登鬼箓的，所以我们与各色鬼等也不无多少世谊。这些话当然是不错的，不过远亲也好，世谊也好，他们总不应该借了这点瓜葛出来烦扰我们。诸位远亲如要讲亲谊，只应在山林中相遇的时节，拉拉胡须，或摇摇尾巴，对我们打个招呼，不必戴了骷髅来夹在我们中间厮混；诸位世交也应恬静的安息在草叶之阴，偶然来我们梦里会晤一下，还算有点意思，倘若像现在这样化作"重来"（Revenants），居然现形于化日光天之下，那真足以骇人视听了。他们既然如此胡为，要来侵害我们，我们也就不能再客气了，我们只好凭了正义人道以及和平等等之名来取防御的手段。

听说昔者欧洲教会和政府为救援异端起见，曾经用过一个很好的方法，便是将他们的肉体用一把火烧了，免得他的灵魂去落地狱。这实在是存心忠厚的办法，只可惜我们不能采用，因为我们的目的是相反的；我们是要从这所依附的肉体里赶出那依附着的东西，所以应得用相反的方法。我们去拿许多桃枝柳枝，荆鞭蒲鞭，尽力的抽打面有妖气的人的身体，务期野兽幻化的现出原形，死鬼依托的离去患者，留下借用的躯壳，以便招寻失主领回。这些赶出去的东西，我们也不想"聚而歼旃"，因为"嗖"的一声吸入瓶中用丹书封好重汤煎熬，这个方法现在似已失传，至少我们是不懂得用，而且天下大矣，万牲百鬼，汗牛充栋，实属办不胜办，所以我们敬体上天好生之德，并不穷追，只要兽走于圹，鬼归其穴，各安生业，不复相扰，也就可以罢手，随他们去了。

至于活人，都不是我们的敌人，虽然也未必全是我们的友人。——实在，活人也已经太少了，少到连打起架了也没有什么趣味了。等打鬼打完了之后，（假使有这一天，）我们如有兴致，喝一碗酒，卷卷袖子，再来比一比武，也好罢。（比武得胜，自然有美人垂青等等事情，未始不好，不过那是《劫后英雄略》的情景，现在却还是《西游记》哪。）

(十三年十二月)

# 上下身

戈丹的三个贤人,

坐在碗里去漂洋去。

他们的碗倘若牢些,

我的故事也要长些。

——英国儿歌

　　人的肉体明明是一整个,(虽然拿一把刀也可以把他切开来,)背后从头颈到尾闾一条脊椎,前面从胸口到"丹田"一张肚皮,中间并无可以卸拆之处,而吾乡(别处的市民听了不必多心)的贤人必强分割之为上下身,——大约是以肚脐为界。上下本是方向,没有什么不对,但他们在这里又应用了大义名分的大道理,于是上下变而为尊卑,邪正,净不净之分了:上身是体面绅士,下身是"该办的"下流社会。这种说法既合于圣道，那么当然是不会错的了，只是实行起来却有点为难。不必说要想拦腰的"关老爷一大刀"分个上下，就未免断送老命，固然断乎不可，即使在该办的范围内稍加割削，最端正的道学家也决不答应的。平常沐浴时候，（幸而在贤人们这不很多，）要备两条手巾两只盆两桶水，分洗两个阶级，稍一疏忽不是连上便是犯下，紊了尊卑之序，深于德化有妨，又或坐在高凳上打盹，跌了一个倒栽葱，更是本末倒置，大非佳兆了。由我们愚人看来，这实在是无事自扰，一个身子站起睡倒或是翻个筋斗，总是一个身子，并不如猪肉可以有里脊五花肉等之分，定出贵贱不同的价值来。吾乡贤人之所为，虽曰合于圣道，其亦古代蛮风之遗留欤。

　　有些人把生活也分作片段，仅想选取其中的几节，将不中意的梢头弃去。这种办法可以称之曰抽刀断水，挥剑斩云。生活中大抵包含饮食，恋爱，生育，工作，老死这几样事情，但是联结在一起，不是可以随便选取一二的。有人希望长生而不死，有人主张生存而禁欲，有人专为饮食而工作，有人又为工作而饮食，这都有点像想齐肚脐锯断，钉上一块底板，单把上半身保留起来。比较明白而过于正经的朋友则全盘承受而分别其等级，如走路是上等而睡觉是下等，吃饭是上等而饮酒喝茶是下等是也。我并不以为人可以终日睡觉或用茶酒代饭吃，然而我觉得睡觉或饮酒喝茶不是可以轻蔑的事，因为也是生活之一部分。百余年前日本有一个艺术家是精通茶道的，有一回去旅行，每到驿站必取出茶具，悠然的点起茶来自喝。有人规劝他说，行旅中何必如此，他答得好，"行旅中难道不是生活么。"这样想的人才真能尊重并享乐他的生活。沛德（W. Pater）曾说，我们生活的目的不是经验之果而是经验本身。正经的人们只把一件事当作正经生活，其余的如不是不得已的坏癖气也总是可有可无的附属物罢了：程度虽不同，这与吾乡贤人之单尊重上身，（其实是，不必细说，正是相反，）乃正属同一种类也。

戈丹（Gotham）地方的故事恐怕说来很长，这只是其中的一两节而已。

（十四年二月）

# 生活之艺术

《契诃夫书简集》中有一节道,(那时他在爱珲附近旅行,)"我请一个中国人到酒店里喝烧酒,他在未饮之前举杯向着我和酒店主人及伙计们,说道'请'。这是中国的礼节。他并不像我们那样的一饮而尽,却是一口一口的啜,每啜一口,吃一点东西;随后给我几个中国铜钱,表示感谢之意。这是一种怪有礼的民族。……"

一口一口的啜,这的确是中国仅存的饮酒的艺术:干杯者不能知酒味,泥醉者不能知微醺之味。中国人对于饮食还知道一点享用之术,但是一般的生活之艺术却早已失传了。中国生活的方式现在只是两个极端,非禁欲即是纵欲,非连酒字都不准说即是浸身在酒槽里,二者互相反动,各益增长,而其结果则是同样的污糟。动物的生活本有自然的调节,中国在千年以前文化发达,一时颇有臻于灵肉一致之象，后来为禁欲思想所战胜，变成现在这样的生活，无自由，无节制，一切在礼教的面具底下实行迫压与放恣，实在所谓礼者早已消灭无存了。

生活不是很容易的事。动物那样的，自然地简易地生活，是其一法；把生活当作一种艺术，微妙地美地生活，又是一法：二者之外别无道路，有之则是禽兽之下的乱调的生活了。生活之艺术只在禁欲与纵欲的调和。霭理斯对于这个问题很有精到的意见，他排斥宗教的禁欲主义，但以为禁欲亦是人性的一面；欢乐与节制二者并存，且不相反而实相成。人有禁欲的倾向，即所以防欢乐的过量，并即以增欢乐的程度。他在《圣芳济与其他》一篇论文中曾说道，"有人以此二者（即禁欲与耽溺）之一为其生活之唯一目的者，其人将在尚未生活之前早已死了。有人先将其一（耽溺）推至极端，再转而之他，其人才真能了解人生是什么，日后将被记念为模范的高僧。但是始终尊重这二重理想者，那才是知生活法的明智的大师。……一切生活是一个建设与破坏，一个取进与付出，一个永远的构成作用与分解作用的循环。要正当地生活，我们须得模仿大自然的豪华与严肃。"他又说过，"生活之艺术，其方法只在于微妙地混和取与舍二者而已"，更是简明的说出这个意思来了。

生活之艺术这个名词，用中国固有的字来说便是所谓礼。斯谛耳博士在《仪礼》序上说，"礼节并不单是一套仪式，空虚无用，如后世所沿袭者。这是用以养成自制与整饬的动作之习惯，唯有能领解万物感受一切之心的人才有这样安详的容止。"从前听说辜鸿铭先生批评英文"礼记"译名的不妥当，以为"礼"不是 Rite 而是 Art，当时觉得有点乖僻，其实却是对的，不过这是指本来的礼，后来的礼仪礼教都是堕落了的东西，不足当这个称呼了。中国的礼早已丧失，只有如上文所说，还略存于茶酒之间而已。去年有西人反对上海禁娼，以为妓院是中国文化所在的地方，这句话的确难免有点荒谬，但仔细想来也不无若干理由。我们不必拉扯唐代的官妓，希腊的"女友"（Hetaira）的韵事来作辩护，只想起某外人的警句，"中国挟妓如西洋的求婚，中国娶妻如西洋的宿娼"，或者不能不感到"爱之术"（Ars Amatoria）真是只存在草野之间了。我们并不同某西人那样要保存妓院，只觉得在有些怪论里边，也常有真实存在罢了。

中国现在所切要的是一种新的自由与新的节制，去建造中国的新文明，也就是复兴千年前的旧文明，也就是与西方文化的基础之希腊文明相合一了。这些话或者说的太大太高了，但据我想舍此中国别无得救之道，宋以来的道学家的禁欲主义总是无用的了，因为这只足以助成纵欲而不能收调节之功。其实这生活的艺术在有礼节重中庸的中国本来不是什么新奇的事物，如《中庸》的起头说，"天命之谓性，率性之谓道，修道之谓教"，照我的解说即是很明白的这种主张。不过后代的人都只拿去讲章旨节旨，没有人实行罢了。我不是说半部《中庸》可以济世，但以表示中国可以了解这个思想。日本虽然也很受到宋学的影响，生活上却可以说是承受平安朝的系统，还有许多唐代的流风余韵，因此了解生活之艺术也更是容易。在许多风俗上日本的确保存这艺术的色彩，为我们中国人所不及，但由道学家看来，或者这正是他们的缺点也未可知罢。

（十三年十一月）

## 日本的人情美

外国人讲到日本的国民性，总首先举出忠君来，我觉得不很的当。日本现在的尊君教育确是隆盛，在对外战争上也表示过不少成绩，但这似乎只是外来的一种影响，未必能代表日本的真精神。阅内藤虎次郎著《日本文化史研究》在什么是日本文化一章中见到这一节话：

"如忠孝一语，在日本民族未曾采用支那语以前系用什么话表示，此事殆难发见。孝字用为人名时训作 Yoshi 或 Taka，其义只云善云高，并非对于父母的特别语；忠字训作 Tada，也只是正的意义，又训为 Mameyaka，意云亲切，也不是对于君的特别语。如古代在一般的善行正义之外既没有表示家庭关系及君臣关系的特别语忠孝二字，则此思想之有无也就是一个很大的疑问。"

内藤是研究东洋史的，又特别推重中国文化，这里便说明就是忠孝之德也是从中国传过去的。（我国的国粹党听了且请不要鼻子太高。）现在我借了他的这一节话并不想我田引水，不过藉以证明日本的忠君原系中国货色，近来加上一层德国油漆，到底不是他们自己的永久不会变的国民性。我看日本文化里边尽有比中国好几倍的东西，忠君却不是其中之一。照中国现在的情形看来，似乎也有非讲国家主义不可之势，但这件铁甲即使穿上也是出于迫不得已，不能就作为大褂子穿，而且得到机会还要随即脱下，叠起，收好。我们在家里坐路上走总只是穿着便服，便服装束才是我们的真相。我们要觇日本，不要去端详他那两当双刀的尊容，须得去看他在那里吃茶弄草花时的样子才能知道他的真面目，虽然军装时是一副野相。辜鸿铭老先生应大东文化协会之招，大颂日本的武化，或者是怪不得的，有些文人如小泉八云（Lafcadio Hearn）、保罗路易古修（Paul-Louis Couchoud）之流也多未能免俗，仿佛说忠义是日本之精华，大约是千虑之一失罢。

日本国民性的优点据我看来是在反对的方向，即是富于人情。和辻哲郎在《古代日本文化》中论"《古事记》

之艺术的价值",结论云,

"《古事记》中的深度的缺乏,即以此有情的人生观作为补偿。《古事记》全体上牧歌的美,便是这润泽的心情的流露。缺乏深度即使是弱点,总还没有缺乏这个润泽的心情那样重大。支那集录古神话传说的史书在大与深的两点上或者比《古事记》为优,但当作艺术论恐不能及《古事记》罢。为什么呢,因为它感情不足,特别如上边所说的润泽的心情显然不足。《古事记》虽说是小孩似的书,但在它的美上未必劣于大人的书也。"

这种心情正是日本最大优点,使我们对于它的文化感到亲近的地方,而无限制的忠孝的提倡不但将使他们个人中间发生许多悲剧,也即是为世人所憎恶的重要原因。在现代日本这两种分子似乎平均存在,所以我们觉得在许多不愉快的事物中间时时发见一点光辉与美。

(十四年一月)

# 元旦试笔

从先我有一个远房的叔祖,他是孝廉公而奉持《太上感应篇》的,每到年末常要写一张黄纸疏,烧呈玉皇大帝,报告他年内行了多少善,以便存记起来作报捐"地仙"实缺之用。现在民国十三年已经过去了,今天是元旦,在邀来共饮"屠苏"的几个朋友走了之后,拿起一支狼毫来想试一试笔,回想去年的生活有什么事值得纪录,想来想去终于没有什么,只有这一点感想总算是过去的经验的结果,可以写下来作我的"疏头"的材料。

古人云,"四十而不惑",这是古人学道有得的地方,我们不能如此。就我个人说来,乃是三十而立,(这是说立起什么主张来,)四十而惑,五十而志于学吧。以前我还以为我有着"自己的园地",去年便觉得有点可疑,现在则明明白白的知道并没有这一片园地了。我当初大约也只是租种人家的田地，产出一点瘦小的萝卜和苦的菜，马虎敷衍过去了，然而到了"此刻现在"忽然省悟自己原来是个"游民"，肩上只扛着一把锄头，除了农忙时打点杂以外，实在没有什么工作可做。失了自己的园地不见得怎样可惜，倘若流氓也一样的可以舒服过活，如世间的好习惯所规定；只是未免有点无聊罢，所以等我好好的想上三两年，或者再去发愤开荒，开辟出两亩田地来，也未可知，目下还是老实自认是一个素人，把"文学家"的招牌收藏起来。

我的思想到今年又回到民族主义上来了。我当初和钱玄同先生一样，最早是尊王攘夷的思想，在拳民起义的那时听说乡间的一个洋口子被"破脚骨"打落铜盆帽，甚为快意，写入日记。后来读了《新民丛报》《民报》《革命军》《新广东》之类，一变而为排满（以及复古），坚持民族主义者计有十年之久，到了民国元年这才软化。五四时代我正梦想着世界主义，讲过许多迂远的话，去年春间收小范围，修改为亚洲主义，及清室废号迁宫以后，遗老遗小以及日英帝国的浪人兴风作浪，诡计阴谋至今未已，我于是又悟出自己之迂腐，觉得民国根基还未稳固，现在须得实事求是，从民族主义做起才好。我不相信因为是国家所以当爱，如那些宗教的爱国家所提倡，但为个人的生存起见主张民族主义却是正当，而且与更"高尚"的别的主义也不相冲突。不过这只是个人的倾向，并不想到青年中去宣传。没有受过民族革命思想的浸润并经过光复和复辟时恐怖之压迫者，对于我们这种心情大抵不能领解，或者还要以为太旧太非绅士态度。这都没有什么关系。我只表明我思想之反动，无论过激过顽都好，只愿人家不要再恭维我是世界主义的人就好了。

语云，"元旦书红，万事亨通。"论理，应该说几句吉利话滑稽话，才足副元旦试笔之名。但是总想不出什么来，只好老实写出要说的几句话，其余的且等后来补说吧。

（十四年一月）

# 山中杂信

一

伏园兄：

我已于本月初退院，搬到山里来了。香山不很高大，仿佛只是故乡城内的卧龙山模样，但在北京近郊，已经要算是很好的山了。碧云寺在山腹上，地位颇好，只是我还不曾到外边去看过，因为须等医生再来诊察一次之后，才能决定可以怎样行动，而且又是连日下雨，连院子里都不能行走，终日只是起卧屋内罢了。大雨接连下了两天，天气也就颇冷了。般若堂里住着几个和尚们，买了许多香椿干，摊在芦席上晾着，这两天的雨不但使他不能干燥，反使他更加潮湿。每从玻璃窗望去，看见廊下摊着湿漉漉的深绿的香椿干，总觉得对于这班和尚们心里很是抱歉似的，——虽然下雨并不是我的缘故。

般若堂里早晚都有和尚做功课，但我觉得并不烦扰，而且于我似乎还有一种清醒的力量。清早和黄昏时候的清澈的磬声，仿佛催促我们无所信仰，无所归依的人，拣定一条道路精进向前。我近来的思想动摇与混乱，可谓已至其极了，托尔斯泰的无我爱与尼采的超人，共产主义与善种学，耶佛孔老的教训与科学的例证，我都一样的喜欢尊重，却又不能调和统一起来，造成一条可以行的大路。我只将这各种思想，凌乱的堆在头里，真是乡间的杂货一料店了。——或者世间本来没有思想上的"国道"，也未可知，这件事我常常想到，如今听他们做功课，更使我受了激刺，同他们比较起来，好像上海许多有国籍的西商中间，夹着一个"无领事管束"的西人。至于无领事管束，究竟是好是坏，我还想不明白。不知你以为何如？

寺内的空气并不比外间更为和平。我来的前一天，般若堂里的一个和尚，被方丈差人抓去，说他偷寺内的法物，先打了一顿，然后捆送到城内什么衙门去了。究竟偷东西没有，是别一个问题，但是吊打恐总非佛家所宜。大约现在佛徒的戒律，也同"儒业"的三纲五常一样,早已成为具文了。自己即使犯了永为弃物的波罗夷罪,并无妨碍,只要有权力,便可以处置别人,正如护持名教的人却打他的老父,世间也一点都不以为奇。我们厨房的间壁,住着两个卖汽水的人,也时常吵架。掌柜的回家去了,只剩了两个少年的伙计,连日又下雨,不能出去摆摊,所以更容易争闹起来。前天晚上,他们都不愿意烧饭,互相推诿,始而相骂,终于各执灶上用的铁通条,打仗两次。我听他们叱咤的声音,令我想起《三国志》及《劫后英雄略》等书里所记的英雄战斗或比武时的威势,可是后来战罢,他们两个人一点都不受伤,更是不可思议了。从这两件事看来,你大略可以知道这山上的战氛罢。

因为病在右肋,执笔不大方便,这封信也是分四次写成的。以后再谈罢。

(一九二一年六月五日)

二

近日天气渐热,到山里来住的人也渐多了。对面的那三间屋,已于前日租去,大约日内就有人搬来。般若堂两旁的厢房,本是"十方堂",这块大木牌还挂在我的门口。但现在都已租给人住,以后有游方僧来,除了请到罗汉堂去打坐以外,没有别的地方可以挂单了。

三四天前大殿里的小菩萨,失少了两尊,方丈说是看守大殿的和尚偷卖给游客了,于是又将他捆起来,打了一顿,但是这回不曾送官,因为次晨我又听见他在后堂敲那大木鱼了。(前回被捉去的和尚,已经出来,搬到别的寺里去了。)当时我正翻阅《诸经要集》六度部的忍辱篇,道世大师在述意缘内说道,"……岂容微有触恼,大生瞋恨,乃至角眼相看,恶声厉色,遂加杖木,结恨成怨",看了不禁苦笑。或者丛林的规矩,方丈本来可以用什么板子打人,但我总觉得有点矛盾。而且如果真照规矩办起来,恐怕应该挨打的却还不是这个所谓偷卖小菩萨的和尚呢。

山中苍蝇之多,真是"出人意表之外"。每到下午,在窗外群飞,嗡嗡作声,仿佛是蜜蜂的排衙。我虽然将风门上糊了冷布,紧紧关闭,但是每一出入,总有几个混进屋里来。各处棹上摊着苍蝇纸,另外又用了棕丝制的蝇拍追着打，还是不能绝灭。英国诗人勃莱克有《苍蝇》一诗，将蝇来与无常的人生相比；日本小林一茶的俳句道，"不要打哪！那苍蝇搓他的手，搓他的脚呢。"我平常都很是爱念，但在实际上却不能这样的宽大了。一茶又有一句俳句，序云，

"捉到一个虱子，将他掐死固然可怜，要把他舍在门外，让他绝食，也觉得不忍；忽然的想到我佛从前给与鬼子母的东西[1]，成此。

虱子呵，放在和我味道一样的石榴上爬着。"

《四分律》云，"时有老比丘拾虱弃地，佛言不应，听以器盛若绵拾着中。若虱走出，应作筒盛；若虱出筒，应作盖塞。随其寒暑，加以腻食将养之。"一茶是诚信的佛教徒，所以也如此做，不过用石榴喂他却更妙了。这种殊胜的思想，我也很以为美，但我的心底里有一种矛盾，一面承认苍蝇是与我同具生命的众生之一，但一面又总当他是脚上带着许多有害的细菌，在头上面上爬的

---

1. 日本传说，佛降伏鬼子母神，给与石榴实食之，以代人肉，因榴实味酸甜似人肉云。据《鬼子母经》说，她后来变了生育之神，这石榴大约只是多子的象征罢了。

痒痒的，一种可恶的小虫，心想除灭他。这个情与知的冲突，实在是无法调和，因为我笃信"赛老先生"的话，但也不想拿了他的解剖刀去破坏诗人的美的世界，所以在这一点上，大约只好甘心且做蝙蝠派罢了。

对于时事的感想，非常纷乱，真是无从说起，倒还不如不说也罢。

（六月二十三日）

## 三

我在第一信里，说寺内战氛很盛，但是现在情形却又变了。卖汽水的一个战士，已经下山去了。这个缘因，说来很长。前两回礼拜日游客很多，汽水卖了十多块钱一天，方丈知道了，便叫他们从形势最好的那"水泉"旁边撤退，让他自己来卖。他们只准在荒凉的塔院下及门口去摆摊，生意便很清淡，掌柜的于是实行减政，只留下了一个人做帮手，——这个伙计本是做墨盒的，掌柜自己是泥水匠。这主从两人虽然也有时争论，但不至于开起仗来了。方丈似乎颇喜欢吊打他属下的和尚，不过他的法庭离我这里很远，所以并未直接受到影响。此外偶然和尚们喝醉了高粱，高声抗辩，或者为了金钱胜负稍有纠葛，都是随即平静，算不得什么大事。因此般若堂里的空气，近来很是长闲逸豫，令人平矜释躁。这个情形可以意会，不易言传，我如今举出一件琐事来做个象征，你或者可以知其大略。我们院子里，有一群鸡，共五六只，其中公的也有，母的也有。这是和尚们共同养的呢，还是一个人的私产，我都不知道。他们白天里躲在紫藤花底下，晚间被盛入一只小口大腹，像是装香油用的藤篓里面。这篓子似乎是没有盖的，我每天总看见他在柏树下仰天张着口放着。夜里酉戌之交，和尚们擂鼓既罢，各去休息，篓里的鸡便怪声怪气的叫起来。于是禅房里和尚们的"唆，唆——"之声，相继而作。这样以后，篓里与禅房里便复寂然，直到天明，更没有什么惊动。问是什么事呢？答说有黄鼠狼来咬鸡。其实这小口大腹的篓子里，黄鼠狼是不会进去的，倘若掉了下去，他就再逃也出不来了。大约他总是未能忘情，所以常来窥探，不过聊以快意罢了。倘若篓子上加上一个盖，——虽然如上文所说，即使无盖，本来也很安全，——也便可以省得他的窥探。但和尚们永远不加盖，黄鼠狼也便永远要来窥探，以致"三日两头"的引起夜中篓里与禅房里的驱逐。这便是我所说的长闲逸豫的所在。我希望这一节故事，或者能够比那四个抽象的字说明的更多一点。

但是我在这里不能一样的长闲逸豫，在一日里总有一个阴郁的时候，这便是下午清华园的邮差送报来后的半点钟。我的神经衰弱，易于激动，病后更甚，对于略略重大的问题，稍加思索，便很烦躁起来，几乎是发热状态，因此平常十分留心免避。但每天的报里，总是充满着不愉快的事情，见了不免要起烦恼。或者说，既然如此，不看岂不好么？但我又舍不得不看，好像身上有伤的人，明知触着是很痛的，但有时仍是不自禁的要用手去摸，感到新的剧痛，保留他受伤的意识。但苦痛究竟是苦痛，所以也就赶紧丢开，去寻求别的慰解。我此时放下报纸，努力将我的思想遣发到平常所走的旧路上去，——回想近今所看书上的大乘菩萨布施忍辱等六度难行，净土及地狱的意义，或者去搜求游客及和尚们（特别注意于方丈）的轶事。我也不愿再说不愉快的事，下次还不如仍同你讲他们的事情罢。

（六月二十九日）

## 四

近日因为神经不好，夜间睡眠不足，精神很是颓唐，所以好久没有写信，也不曾做诗了。诗思固然不来，日前到大殿后看了御碑亭，更使我诗兴大减。碑亭之北有两块石碑，四面都刻着乾隆御制的律诗和绝句。这些诗虽然很讲究的刻在石上，壁上还有宪兵某君的题词，赞叹他说"天命乃有移，英风殊难泯"！但我看了不知怎的联想到那塾师给冷于冰看的草稿，将我的创作热减退到近于零度。我以前病中忽发野心，想做两篇小说，一篇叫《平凡的人》，一篇叫《初恋》；幸而到了现在还不曾动手。不然,岂不将使《馍馍赋》不但无独而且有偶么？

我前回答应告诉你游客的故事，但是现在也未能践约，因为他们都从正门出入，很少到般若堂里来的。我看见从我窗外走过的游客，一总不过十多人。他们却有一种公共的特色，似乎都对于植物的年龄颇有趣味。他们大抵问和尚或别人道，"这藤萝有多少年了？"答说，"这说不上来。"便又问，"这柏树呢？"至于答案，自然仍旧是"说不上来"了。或者不问柏树的，也要问槐树，其余核桃石榴等小树，就少有人注意了。我常觉得奇异，他们既然如此热心，寺里的人何妨就替各棵老树胡乱定出一个年岁，叫和尚们照样对答，或者写在大木板上，挂在树下，岂不一举两得么？

　　游客中偶然有提着鸟笼的，我看了最不喜欢。我平常有一种偏见，以为作不必要的恶事的人，比为生活所迫，不得已而作恶者更为可恶；所以我憎恶蓄妾的男子，比那卖女为妾——因贫穷而吃人肉的父母，要加几倍。对于提鸟笼的人的反感，也是出于同一的源流。如要吃肉，便吃罢了；（其实飞鸟的肉，于养生上也并非必要。）如要赏鉴，在他自由飞鸣的时候，可以尽量的看或听；何必关在笼里，擎着走呢？我以为这同喜欢缠足一样的是痛苦的赏玩，是一种变态的残忍的心理。贤首于《梵网戒疏》盗戒下注云，"善见云，盗空中鸟，左翅至右翅，尾至头，上下亦尔，俱得重罪。准此戒，纵无主，鸟身自为主，盗皆重也。"鸟身自为主，——这句话的精神何等博大深厚，然而又岂是那些提鸟笼的朋友所能了解的呢？

《梵网经》里还有几句话，我觉得也都很好。如云，"若佛子，故食肉，——一切肉不得食。——断大慈悲性种子，一切众生见而舍去。"又云，"一切男子是我父，一切女人是我母，我生生无不从之受生，故六道众生皆我父母。而杀而食者，即杀我父母，亦杀我故身：一切地水，是我先身；一切火风，是我本体。……"我们现在虽然不能再相信六道轮回之说，然而对于这普亲观平等观的思想，仍然觉得他是真而且美。英国勃莱克的诗，

> 被猎的兔的每一声叫，
> 撕掉脑里的一枝神经；
> 云雀被伤在翅膀上，
> 一个天使止住了歌唱。

这也是表示同一的思想。我们为自己养生计，或者不得不杀生，但是大慈悲性种子也不可不保存，所以无

用的杀生与快意的杀生,都应该免避的。譬如吃醉虾,这也罢了;但是有人并不贪他的鲜味,只为能够将半活的虾夹住,直往嘴里送,心里想道"我吃你"!觉得很快活。这是在那里尝得胜快心的滋味,并非真是吃食了。《晨报》"杂感"栏里曾登过松年先生的一篇《爱》,我很以他所说的为然。但是爱物也与仁人很有关系,倘若断了大慈悲性种子,如那样吃醉虾的人,于爱人的事也恐怕不大能够圆满的了。

(七月十四日)

## 五

近日天气很热,屋里下午的气温在九十度以上。所以一到晚间,般若堂里在院子里睡觉的人,总有三四人之多。他们的睡法很是奇妙,因为蚊子白蛉要来咬,于是便用棉被没头没脑的盖住。这样一来,固然再也不怕蚊子们的勒索,但是露天睡觉的原意也完全失掉了。要说是凉快,却蒙着棉被;要说是通气,却将头直钻到被底下去。那么同在热而气闷的屋里睡觉，还有什么区别呢？有一位方丈的徒弟，睡在藤椅上，挂了一顶洋布的帐子，我以为是防蚊用的了，岂知四面都是悬空，蚊子们如能飞近地面一二尺，仍旧是可以进去的，他的帐子只能挡住从上边掉下来的蚊子罢了。这些奥妙的办法，似乎很有一种禅味，只是我了解不来。

我的行踪，近来已经推广到东边的"水泉"。这地方确是还好，我于每天清早，没有游客的时候，去倘佯一会，赏鉴那山水之美。只可惜不大干净，路上很多气味，——因为陈列着许多《本草》上的所谓人中黄！我想中国真是一个奇妙的国，在那里人们不容易得到营养料，也没有方法处置他们的排泄物。我想像轩辕太祖初入关的时候，大约也是这样情形。但现在已经过了四千年之久了。难道这个情形真已支持了四千年，一点不曾改么？

水泉西面的石阶上，是天然疗养院附属的所谓洋厨房。门外生着一棵白杨树，树干很粗，大约直径有六七寸，白皮斑驳，很是好看。他的叶在没有什么大风的时候，也瑟瑟的响，仿佛是有魔术似的。古诗说，"白杨多悲风，萧萧愁杀人"，非看见过白杨树的人，不大能了解他的趣味。欧洲传说云，耶稣钉死在白杨木的十字架上，所以这树以后便永远颤抖着。……我正对着白杨起种种的空想，有一个七八岁的小西洋人跟着宁波的老妈子走进洋厨房来。那老妈子同厨子讲着话的时候，忽然来了两个小广东人，各举起一只手来，接连的打小西洋人的嘴巴。他的两个小颊，立刻被批的通红了，但他却守着不抵抗主义，任凭他们打去。我的用人看不过意，把他们隔开两回，但那两位攘夷的勇士又冲过去，寻着要打嘴巴。被打的人虽然忍受下去了，但他们把我刚才的浪漫思想也批到不知去向，使我切肤的感到现实的痛。——至于这两个小爱国者的行为，若由我批评，不免要有过激的话，所以我也不再说了。

我每天傍晚到碑亭下去散步，顺便恭读乾隆的御制诗；碑上共有十首，我至少总要读他两首。读之既久，便发生种种感想，其一是觉得语体诗发生的不得已与必要。御制诗中有这几句，如"香山适才游白社，越岭便以至碧云"，又"玉泉十丈瀑，谁识此其源"，似乎都不大高明。但这实在是旧诗的难做，怪不得皇帝。对偶呀，平仄呀，押韵呀，拘束得非常之严，所以便是奉天承运的真龙也挣扎他不过，只落得留下多少打油的痕迹在石头上面。倘若他生在此刻，抛了七绝五律不做，去做较为自由的新体诗，即使做的不好，也总不至于被人认为"哥罐闻焉嫂棒伤"的蓝本罢。但我写到这里，忽然想到《大江集》等几种名著，又觉得我所说的也未必尽然。大约用文言做"哥罐"的，用白话做来仍是"哥罐"，——于是我又想起一种疑问，这便是语体诗的"万应"的问题了。

（七月十七日）

## 六

好久不写信了。这个原因，一半因为你的出京，一半因为我的无话可说。我的思想实在混乱极了，对于许多问题都要思索，却又一样的没有归结，因此觉得要说的话虽多，但不知道怎样说才好。现在决心放任，并不硬去统一，姑且看书消遣，这倒也还罢了。

上月里我到香山去了两趟，都是坐了四人轿去的。我们在家乡的时候，知道四人轿是只有知县坐的，现在自己却坐了两回，也是"出于意表之外"的。我一个人叫他们四位扛着，似乎很有点抱歉，而且每人只能分到两角多钱，在他们实在也不经济；不知道为什么不减作两人呢？那轿杠是杉木的，走起来非常颠簸。大约坐这轿的总非有候补道的那样身材，是不大合宜的。我所去的地方是甘露旅馆，因为有两个朋友耽搁在那里，其余各处都不曾去。什么的一处名胜，听说是督办夫人住着，不能去了。我说这是什么督办，参战和边防的督办不是都取消了么。答说是水灾督办。我记得四五年前天津一带确曾有过一回水灾，现在当然已经干了，而且连旱灾都已闹过了（虽然不在天津）。朋友说，中国的水灾是不会了的。黄河不是决口了么。这话的确不错，水灾督办诚然有存在的必要，而且照中国的情形看来，恐怕还非加入官制里去不可呢。

我在甘露旅馆买了一本《万松野人言善录》，这本书出了已经好几年，在我却是初次看见。我老实说，对于英先生的议论未能完全赞同，但因此引起我陈年的感慨，觉得要一新中国的人心，基督教实在是很适宜的。极少数的人能够以科学艺术或社会的运动去替代他宗教的要求，但在大多数是不可能的。我想最好便以能容受科学的一神教把中国现在的野蛮残忍的多神——其实是拜物——教打倒,民智的发达才有点希望。不过有两大条件,要紧紧的守住:其一是这新宗教的神切不可与旧的神的观念去同化,以致变成一个西装的玉皇大帝;其二是切不可造成教阀,去妨害自由思想的发达。这第一第二的覆辙,在西洋历史上实例已经很多,所以非竭力免去不可。——但是,我们昏乱的国民久伏在迷信的黑暗里,既然受不住智慧之光的照耀,肯受这新宗教的灌顶么?不为传统所囿的大公无私的新宗教家,国内有几人呢?仔细想来,我的理想或者也只是空想;将来主宰国民的心的,仍旧还是那一班的鬼神妖怪罢!

我的行踪既然推广到了寺外,寺内各处也都已走到,只剩那可以听松涛的有名的塔上不曾去。但是我平常散步,总只在御诗碑的左近或是弥勒佛前面的路上。这一段泥路来回可一百步,一面走着,一面听着阶下龙嘴里的潺湲的水声,(这就是御制诗里的"清波绕砌湲",)倒也很有兴趣。不过这清波有时要不"湲",其时很是令人扫兴,因为后面有人把他截住了。这是谁做主的,我都不知道,大约总是有什么金鱼池的阔人们罢。他们要放水到池里去，便是汲水的人也只好等着，或是劳驾往水泉去，何况想听水声的呢！靠着这清波的一个朱门里，大约也是阔人，因为我看见他们搬来的前两天，有许多穷朋友头上顶了许多大安乐椅小安乐椅进去。以前一个绘画的西洋人住着的时候，并没有什么门禁，东北角的墙也坍了，我常常去到那里望对面的山景和在溪滩积水中洗衣的女人们。现在可是截然的不同了，倒墙从新筑起，将真山关出门外，却在里面叫人堆上许多石头，（抬这些石头的人们，足足有三天，在我的窗前络绎的走过，）叫做假山，一面又在弥勒佛左手的路上筑起一堵泥墙，于是我真山固然望不见，便是假山也轮不到看。那些阔人们似乎以为四周非有墙包围着是不能住人的。我远望香山上迤逦的围墙，又想起秦始皇的万里长城，觉得我所推测的话并不是全无根据的。

还有别的见闻，我曾做了两篇《西山小品》，其一曰《一个乡民的死》，其二曰《卖汽水的人》，将他记在里面。但是那两篇是给日本的朋友们所办的一个杂志作的，现在虽有原稿留下，须等我自己把它译出方可发表。

（九月三日，在西山。）

# 神话的辩护

为神话作辩护,未免有点同善社的嫌疑。但是,只要我自信是凭了理性说话,这些事都可以不管。

反对把神话作儿童读物的人说,神话是迷信,儿童读了要变成义和团与同善社。这个反对迷信的热心,我十分赞同,但关于神话养成迷信这个问题我觉得不能附和。神话在儿童读物里的价值是空想与趣味,不是事实和知识。我在《神话与传说》中曾说,

"文艺不是历史或科学的记载,大家都是知道的;如见了化石的故事,便相信人真能变石头,固然是个愚人,或者又背着科学来破除迷信,断断地争论化石故事之不合物理也未免成为笨伯了。"(《自己的园地》第九)又在《儿童的文学》中说过,

"儿童相信猫狗能说话的时候,我们便同他们讲猫狗

说话的故事，不但要使得他们喜悦，也因为知道这过程是跳不过的，——然而又自然地会推移过去的，所以相当的应付了，等到儿童要知道猫狗是什么东西的时候到来，我们再可以将生物学的知识供给他们。"

现在反对者的错误，即在于以儿童读物中的神话为事实与知识，又以为儿童听了就要终身迷信，便是科学知识也无可挽救。其实神话只能滋养儿童的空想与趣味，不能当作事实，满足知识的要求。这个要求，当由科学去满足他，但也不能因此而遂打消空想。知识上猫狗是哺乳类食肉动物，空想上却不妨仍是会说话的四足朋友；有些科学家兼做大诗人，即是证据。缺乏空想的人们以神话为事实，没有科学知识的便积极的信仰，有科学知识的则消极的趋于攻击，都是错了。迷信之所以有害者，以其被信为真实；倘若知是虚假，则在迷信之中也可以发见许多的美，因为我们以为美的不必一定要是真实。神话原是假的，他决不能妨害科学的知识的发达，也不劳科学的攻击，——反正这不过证明其虚假，正如笑话里证明胡子是有胡须的一般，于其原来价值别无增减。我承认，用神话是教儿童读诳话，但这决无害处，只要大家勿误认读神话之目的为求知识与教训。

有些人以为神话是妖人所造,用以宣传迷信,去蛊惑人的。这个说法完全是不的确。神话的发生,普通在神话学上都有说明,但我觉得德国翁特(Wundt)教授在《民族心理学》里说的很得要领。我们平常把神话包括神话传说童话三种,仿佛以为这三者发生的顺序就是如此的,其实却并不然。童话(广义的)起的最早,在"图腾"时代,人民相信灵魂和魔怪,便据了空想传述他们的行事,或藉以说明某种的现象;这种童话有几样特点,其一是没有一定的时地和人名,其二是多有魔术,讲动物的事情,大抵与后世存留的童话相同,所不同者只是那些童话在图腾社会中为群众所信罢了。其次的是翁特所说的英雄与神的时代,这才是传说以及神话(狭义的)发生的时候。童话的主人公多是异物,传说的主人公是英雄,乃是人;异物都有魔力,英雄虽亦常有魔术与法宝的辅助,但仍具人类的属性,多凭了自力成就他的事业。童话中也有人,但大率处于被动的地位,现在则有独立的人格,公然与异物对抗,足以表见民族思想的变迁。英雄是理想的人,神即是理想的英雄;先以人与异物对立，复折衷而成为神的观念，于是神话就同时兴起了。不过神既是不死不变的东西，便没有什么兴衰事迹可记，所以纯粹的狭义的神话几乎是不能有的，一般所称的神话其实多是传说的变体，还是以英雄为主的故事。这两种发生的关系很是密切，指出一定的人物时地也都相同，与童话的渺茫殊异。上边的话固然"语焉不详"，但大约可以知道神话发生的情形，其非出于邪教之宣传作用也可明白了。在发生的当时大抵是为大家所信的，到了后来，已经失却信用，于是转移过来，归入文艺里供我们的赏鉴。即使真是含有作用的妖言，如方士骗秦汉皇帝的话，我们现在既不复信以为真，也正不妨拿来作故事看。我们不能容许神话作家（Mythopoios）再编造当作事实的神话，去宣传同善社的教旨，但是编造假的神话，不但可以做而且值得称赞的，因为这神话作家在现代就成了诗人了。

（十三年二月）

## 读《京华碧血录》

《京华碧血录》是我所见林琴南先生最新刊的小说。我久不读林先生的古文译本,他的所有"创作"却都见过。这本书序上写的是"壬子长至",但出版在于十二年后,我看见时又在出版后两三个月了。书中写邴生刘女的因缘,不脱才子佳人的旧套。梅儿是一个三从四德的木偶人,倒也算了,邴仲光文武全才,亦儒亦侠,乃是文素臣铁公子一流人物,看了更觉得有点难过。不过我在这里并不想来攻击这书的缺点,因为林先生的著作本是旧派,这些缺点可以说是当然的;现在我所要说的是此书中的好处。

《碧血录》全书五十三章,我所觉得好的是第十九至第廿四这五章记述庚子拳匪在京城杀人的文章。我向来是神经衰弱的,怕听那些凶残的故事,但有时却又病理地想去打听，找些战乱的记载来看。最初见到的是"明季稗史"里的《扬州十日记》，其次是李小池的《思痛记》，使我知道清初及洪杨时情形的一斑。《寄园寄所寄》中故事大抵都已忘却，唯张勋战败的那年秋天，伏处寓中，借"知不足斋丛书"消遣，见到《曲洧旧闻》（？）里一条因子巷缘起的传说，还是记得，正如安特来夫的《小人物的自白》里的恶梦，使人长久不得宁贴。关于拳匪的事我也极想知道一点，可惜不易找到，只有在阚陀的《在北京的联军》两卷中看见一部分，但中国的记载终于没有，《驴背集》等书记的太略，没有什么用处。专门研究庚子史实的人当然有些材料，我只是随便看看，所以见闻如此浅陋。林先生在这寥寥十五页里记了好些义和拳的轶事，颇能写出他们的愚蠢与凶残来。外国人的所见自然偏重自己的一方面，中国人又多"家丑不可外扬"的意思，不大愿意记自相残杀的情形，林先生的思想虽然旧，在这一点上却很明白，他知道拳匪的两样坏处，所以他写的虽然简略，却能抉出这次国民运动的真相来了。

以上是两个月前所写，到了现在，又找了出来，想续写下去，时势却已大变，再要批评拳匪似乎不免有点不稳便，因为他们的义民的称号不久将由国民给他恢复了。本来在现今的世界排外不能算是什么恶德，"以直报怨"我觉得原是可以的，不过就是盗亦有道，所以排外也自有正当的方法。像凯末尔的击破外敌改组政府的办法即是好例，中国人如图自卫，提倡军国主义，预备练成义勇的军队与外国抵抗，我虽不代为鼓吹，却也还可以赞同，因为这还不失为一种办法。至如拳匪那样，想借符咒的力量灭尽洋人，一面对于本国人大加残杀，终是匪的行为，够不上排外的资格。记性不好的中国人忘了他们残民以逞的事情，只同情于"扶清灭洋"的旗号，于是把他们的名誉逐渐提高，不久恐要在太平天国之上。现在的青年正不妨"卧薪尝胆"地修炼武功，练习机关枪准备对打，发明"死光"准备对照，似大可不必回首去寻大师兄的法宝。我不相信中国会起第二次的义和拳，如帝国主义的狂徒所说；但我觉得精神上的义和拳是可以有的，如没有具体的办法，只在纸上写些"杀妖杀妖"或"赶走直脚鬼"等语聊以快意，即是"口中念念有词"的变相；又对于异己者加以许多"洋狗洋奴"的称号，痛加骂詈，即是搜杀二毛子的老法子，他的结果是于"夷人"并无重大的损害，只落得一场骚扰，使这奄奄一息的中国的元气更加损伤。我不承认若何重大的赔款足以阻止国民正当的自卫抵抗心之发达，但是愚蠢与凶残之一时的横行乃是最酷烈的果报，其贻害于后世者比敌国的任何种惩创尤为重大。我之反对拳匪以此，赞成六年前陈独秀先生的反对拆毁克林德碑与林琴南先生的《碧血录》里的意见者亦以此，——现在陈林二先生的态度，不知有无变化，我则还是如此。

虽然时常有青年说我的意见太是偏激，我自己却觉得很有顽固的倾向，似乎对于林琴南辜汤生诸先生的意思比对于现代青年的还理解得多一点，这足以表明我们的思想已是所谓属于过去的了。但是我又有时觉得现代青年们似乎比我们更多有传统的精神，更是完全的中国人，到底不知道是怎么一回事。上边所说的话，我仔细看过，仿佛比他们旧，然而仿佛也比他们新，——其实这正是难怪，因为在这一点上陈独秀林琴南两先生恰巧是同意也。

（甲子四月下旬）

# 泽泻集

## 谈酒

这个年头儿，喝酒倒是很有意思的。我虽是京兆人，却生长在东南的海边，是出产酒的有名地方。我的舅父和姑父家里时常做几缸自用的酒，但我终于不知道酒是怎么做法，只觉得所用的大约是糯米，因为儿歌里说，"老酒糯米做，吃得变 nionio。"——末一字是本地叫猪的俗语。做酒的方法与器具似乎都很简单，只有煮的时候的手法极不容易，非有经验的工人不办，平常做酒的人家大抵聘请一个人来，俗称"酒头工"，以自己不能喝酒者为最上，叫他专管鉴定煮酒的时节。有一个远房亲戚，我们叫他"七斤公公"，——他是我舅父的族叔，但是在他家里做短工，所以舅母只叫他作"七斤老"，有时也听见她叫"老七斤"，是这样的酒头工，每年去帮人家做酒；他喜吸旱烟，说玩话，打马将，但是不大喝酒，（海边的人喝一两碗是不算能喝，照市价计算也不值十文钱的酒,）所以生意很好，时常跑一二百里路被招到诸暨嵊县去。据他说这实在并不难，只须走到缸边屈着身听，听见里边起泡的声音切切察察的，好像是螃蟹吐沫（儿童称为蟹煮饭）的样子,便拿来煮就得了；早一点酒还未成，迟一点就变酸了。但是怎么是恰好的时期，别人仍不能知道，只有听熟的耳朵才能够断定，正如骨董家的眼睛辨别古物一样。

大人家饮酒多用酒钟，以表示其斯文，实在是不对的。正当的喝法是用一种酒碗，浅而大，底有高足，可以说是古已有之的香宾杯。平常起码总是两碗,合一"串筒"，价值似是六文一碗。串筒略如倒写的凸字，上下部如一与三之比，以洋铁为之，无盖无嘴，可倒而不可筛，据好酒家说酒以倒为正宗，筛出来的不大好吃。唯酒保好于量酒之前先"荡"（置水于器内，摇荡而洗涤之谓）串筒，荡后往往将清水之一部分留在筒内，客嫌酒淡，常起争执，故喝酒老手必先戒堂倌以勿荡串筒，并监视其量好放在温酒架上。能饮者多索竹叶青，通称曰"本色"，"元红"系状元红之略,则着色者,唯外行人喜饮之。

在外省有所谓花雕者，唯本地酒店中却没有这样东西。相传昔时人家生女，则酿酒贮花雕（一种有花纹的酒坛）中，至女儿出嫁时用以饷客，但此风今已不存，嫁女时偶用花雕，也只临时买元红充数，饮者不以为珍品。有些喝酒的人预备家酿，却有极好的，每年做醇酒若干坛，按次第埋园中，二十年后掘取，即每岁皆得饮二十年陈的老酒了。此种陈酒例不发售，故无处可买，我只有一回在旧日业师家里喝过这样好酒，至今还不曾忘记。

我既是酒乡的一个土著，又这样的喜欢谈酒，好像一定是个与"三酉"结不解缘的酒徒了。其实却大不然。我的父亲是很能喝酒的，我不知道他可以喝多少，只记得他每晚用花生米水果等下酒，且喝且谈天，至少要花费两点钟，恐怕所喝的酒一定很不少了。但我却是不肖，不，或者可以说有志未逮，因为我很喜欢喝酒而不会喝，所以每逢酒宴我总是第一个醉与脸红的。自从辛酉患病后，医生叫我喝酒以代药饵，定量是勃阑地每回二十格阑姆，蒲桃酒与老酒等倍之，六年以后酒量一点没有进步，到现在只要喝下一百格阑姆的花雕，便立刻变成关夫子了。（以前大家笑谈称作"赤化"，此刻自然应当谨慎，虽然是说笑话。）有些有不醉之量的，愈饮愈是脸白的朋友，我觉得非常可以欣羡，只可惜他们愈能喝酒便愈不肯喝酒，好像是美人之不肯显示她的颜色，这实在是太不应该了。

黄酒比较的便宜一点，所以觉得时常可以买喝，其实别的酒也未尝不好。白干于我未免过凶一点，我喝了常怕口腔内要起泡，山西的汾酒与北京的莲花白虽然可喝少许，也总觉得不很和善。日本的清酒我颇喜欢，只是仿佛新酒模样，味道不很静定。蒲桃酒与橙皮酒都很可口，但我以为最好的还是勃阑地。我觉得西洋人不很能够了解茶的趣味，至于酒则很有功夫，决不下于中国。天天喝洋酒当然是一个大的漏卮，正如吸烟卷一般，但不必一定进国货党，咬定牙根要抽净丝，随便喝一点什么酒其实都是无所不可的，至少是我个人这样的想。

喝酒的趣味在什么地方？这个我恐怕有点说不明白。有人说，酒的乐趣是在醉后的陶然的境界。但我不很了解这个境界是怎样的，因为我自饮酒以来似乎不大陶然过，不知怎的我的醉大抵都只是生理的，而不是精神的陶醉。所以照我说来，酒的趣味只是在饮的时候，我想悦乐大抵在做的这一刹那，倘若说是陶然那也当是杯在口的一刻罢。醉了，困倦了，或者应当休息一会儿，也是很安舒的，却未必能说酒的真趣是在此间。昏迷，梦魇，呓语，或是忘却现世忧患之一法门；其实这也是有限的，倒还不如把宇宙性命都投在一口美酒里的耽溺之力还要强大。我喝着酒，一面也怀着"杞天之虑"，生恐强硬的礼教反动之后将引起颓废的风气，结果是借醇酒妇人以避礼教的迫害，沙宁（Sanin）时代的出现不是不可能的。但是，或者在中国什么运动都未必澈底成功，青年的反拨力也未必怎么强盛，那么杞天终于只是杞天，仍旧能够让我们喝一口非耽溺的酒也未可知。倘若如此，那时喝酒又一定另外觉得很有意思了罢？

（民国十五年六月二十日，于北京。）

# 乌篷船

子荣君：

接到手书，知道你要到我的故乡去，叫我给你一点什么指导。老实说，我的故乡，真正觉得可怀恋的地方，并不是那里；但是因为在那里生长，住过十多年，究竟知道一点情形，所以写这一封信告诉你。

我所要告诉你的，并不是那里的风土人情，那是写不尽的，但是你到那里一看也就会明白的，不必啰唆地多讲。我要说的是一种很有趣的东西，这便是船。你在家乡平常总坐人力车，电车，或是汽车，但在我的故乡那里这些都没有，除了在城内或山上是用轿子以外，普通代步都是用船。船有两种，普通坐的都是"乌篷船"，白篷的大抵作航船用，坐夜航船到西陵去也有特别的风趣，但是你总不便坐，所以我也就可以不说了。乌篷船大的为"四明瓦"（Sy-menngoa），小的为脚划船（划读如 uoa）亦称小船。但是最适用的还是在这中间的"三道"，亦即三明瓦。篷是半圆形的，用竹片编成，中夹竹箬，上涂黑油；在两扇"定篷"之间放着一扇遮阳，也是半圆的，木作格子，嵌着一片片的小鱼鳞，径约一寸，颇有点透明，略似玻璃而坚韧耐用，这就称为明瓦。三明瓦者，谓其中舱有两道，后舱有一道明瓦也。船尾用橹，大抵两支，船首有竹篙，用以定船。船头着眉目，状如老虎，但似在微笑，颇滑稽而不可怕，唯白篷船则无之。三道船篷之高大约可以使你直立，舱宽可以放下一顶方桌，四个人坐着打马将，——这个恐怕你也已学会了罢？小船则真是一叶扁舟，你坐在船底席上，篷顶离你的头有两三寸，你的两手可以搁在左右的舷上，还把手都露出在外边。在这种船里仿佛是在水面上坐，靠近田岸去时泥土便和你的眼鼻接近，而且遇着风浪，或是坐得少不小心，就会船底朝天，发生危险，但是也颇有趣味，是水乡的一种特色。不过你总可以不必去坐，最好还是坐那三道船罢。

你如坐船出去，可是不能像坐电车的那样性急，立刻盼望走到。倘若出城，走三四十里路，（我们那里的里程是很短，一里才及英哩三分之一，）来回总要预备一天。你坐在船上，应该是游山的态度，看看四周物色，随处可见的山，岸旁的乌桕，河边的红蓼和白蘋，渔舍，各式各样的桥，困倦的时候睡在舱中拿出随笔来看，或者冲一碗清茶喝喝。偏门外的鉴湖一带，贺家池，壶觞左近，我都是喜欢的，或者往娄公埠骑驴去游兰亭，（但我劝你还是步行，骑驴或者于你不很相宜，）到得暮色苍然的时候进城上都挂着薜荔的东门来，倒是颇有趣味的事。倘若路上不平静，你往杭州去时可于下午开船，黄昏时候的景色正最好看，只可惜这一带地方的名字我都忘记了。夜间睡在舱中，听水声橹声，来往船只的招呼声，以及乡间的犬吠鸡鸣，也都很有意思。雇一只船到乡下去看庙戏，可以了解中国旧戏的真趣味，而且在船上行动自如，要看就看，要睡就睡，要喝酒就喝酒，我觉得也可以算是理想的行乐法。只可惜讲维新以来这些演剧与迎会都已禁止，中产阶级的低能人别在"布业会馆"等处建起"海式"的戏场来，请大家买票看上海的猫儿戏。这些地方你千万不要去。——你到我那故乡，恐怕没有一个人认得,我又因为在教书不能陪你去玩,坐夜船,谈闲天,实在抱歉而且惆怅。川岛君夫妇现在俍山下,本来可以给你绍介,但是你到那里的时候他们恐怕已经离开故乡了。初寒,善自珍重,不尽。十五年十一月十八日夜,于北京。

## 关于三月十八日的死者

一

我是极缺少热狂的人,但同时也颇缺少冷静,这大约因为神经衰弱的缘故,一遇见什么刺激,便心思纷乱,不能思索更不必说要写东西了。三月十八日下午我往燕大上课,到了第四院时知道因外交请愿停课,正想回家,就碰见许家鹏君受了伤逃回来,听他报告执政府卫兵枪击民众的情形,自此以后,每天从记载谈话中听到的悲惨事实逐日增加,堆积在心上再也摆脱不开,简直什么事都不能做。到了现在已是残杀后的第五日,大家切责段祺瑞贾德耀,期望国民军的话都已说尽,且已觉得都是无用的了,这倒使我能够把心思收束一下,认定这五十多个被害的人都是白死,交涉结果一定要比沪案坏得多，这在所谓国家主义流行的时代或者是当然的，所以我可以把彻底查办这句梦话抛开，单独关于这回遭难的死者说几句感想到的话。——在首都大残杀的后五日，能够说这样平心静气的话了，可见我的冷静也还有一点哩。

二

我们对于死者的感想第一件自然是哀悼。对于无论什么死者我们都应当如此，何况是无辜被戕的青年男女，有的还是我们所教过的学生。我的哀感普通是从这三点出来，熟识与否还在其外，即一是死者之惨苦与恐怖，二是未完成的生活之破坏，三是遗族之哀痛与损失。这回的死者在这三点上都可以说是极量的，所以我们哀悼之意也特别重于平常的吊唁。第二件则是惋惜。凡青年夭折无不是可惜的，不过这回特别的可惜，因为病死还是天行而现在的戕害乃是人功。人功的毁坏青春并不一定是最可叹惜，只要是主者自己愿意抛弃，而且去用以求得更大的东西，无论是恋爱或是自由。我前几天在茶话《心中》里说，"中国人似未知生命之重，故不知如何善舍其生命,而又随时随地被夺其生命而无所爱惜。"这回的数十青年以有用可贵的生命不自主地被毁于无聊的请愿里,这是我所觉得太可惜的事。我常常独自心里这样痴想,"倘若他们不死……"我实在几次感到对于奇迹的希望与要求,但是不幸在这个明亮的世界里我们早知道奇迹是不会出来的了。——我真深切地感得不能相信奇迹的不幸来了。

三

这回执政府的大残杀,不幸女师大的学生有两个当场被害。一位杨女士的尸首是在医院里,所以就搬回了;刘和珍女士是在执政府门口往外逃走的时候被卫兵从后面用枪打死的,所以尸首是在执政府,而执政府不知怎地把这二三十个亲手打死的死体当作宝贝,轻易不肯给人拿去,女师大的职教员用了九牛二虎之力,到十九晚才算好容易运回校里,安放在大礼堂中。第二天上午十时棺殓,我也去一看;真真万幸我没有见到伤痕或血衣,我只见用衾包裹好了的两个人,只余脸上用一层薄纱蒙着,隐约可以望见面貌,似乎都很安闲而庄严地沉睡着。刘女士是我这大半年来从宗帽胡同时代起所教的学生,所以很是面善,杨女士我是不认识的,但我见了她们两位并排睡着,不禁觉得十分可哀,好像是看见我的妹子,——不,我的妹子如活着已是四十岁了,好像是我的现在的两个女儿的姊姊死了似的,虽然她们没有真的姊姊。当封棺的时候,在女同学出声哭泣之中,我陡然觉得空气非常沉重,使大家呼吸有点困难,我见职教员中有须发斑白的人此时也有老泪要流下来,虽然他的下颌骨乱动地想忍他住也不可能了。……

这是我昨天在《京副》发表的文章中之一节,但是关于刘杨二君的事我不想再写了,所以抄了这篇"刊文"。

四

二十五日女师大开追悼会,我胡乱做了一副挽联送去,文曰,

死了倒也罢了,若不想到二位有老母倚闾,亲朋盼信。

活着又怎么着,无非多经几番的枪声惊耳,弹雨淋头。

殉难者全体追悼会是在二十三日,我在傍晚才知道,也做了一联:

赤化赤化,有些学界名流和新闻记者还在那里诬陷。
白死白死,所谓革命政府与帝国主义原是一样东西。

惭愧我总是"文字之国"的国民,只会以文字来记念死者。民国十五年三月十八日之后五日。

# 碰伤

我从前曾有一种计画,想做一身钢甲,甲上都是尖刺,刺的长短依照猛兽最长的牙更加长二寸。穿了这甲,便可以到深山大泽里自在游行,不怕野兽的侵害。他们如来攻击,只消同毛栗或刺猬般的缩着不动,他们就无可奈何,我不必动手,使他们自己都负伤而去。

佛经里说蛇有几种毒,最利害的是见毒,看见了他的人便被毒死。清初周安士先生注《阴骘文》,说孙叔敖打杀的两头蛇,大约即是一种见毒的蛇,因为孙叔敖说见了两头蛇所以要死了。(其实两头蛇或者同猫头鹰一样,只是凶兆的动物罢了。)但是他后来又说,现在湖南还有这种蛇,不过已经完全不毒了。

我小的时候,看唐代丛书里的《剑侠传》,觉得很是害怕。剑侠都是修炼得道的人,但脾气很是不好,动不动便以飞剑取人头于百步之外。还有剑仙，那更利害了，他的剑飞在空中，只如一道白光，能追赶几十里路，必须见血方才罢休。我当时心里祈求不要遇见剑侠，生恐一不小心得罪他们。

近日报上说有教职员学生在新华门外碰伤，大家都称咄咄怪事，但从我这浪漫派的人看来，一点都不足为奇。在现今的世界上，什么事都能有。我因此连带的想起上边所记的三件事，觉得碰伤实在是情理中所能有的事。对于不相信我的浪漫说的人，我别有事实上的例证举出来给他们看。

三四年前，浦口下关间渡客一只小轮，碰在停泊江心的中国军舰的头上，立刻沉没，据说旅客一个都不失少。（大约上船时曾经点名报数，有账可查的。）过了一两年后，一只招商局的轮船，又在长江中碰在当时国务总理所坐的军舰的头上，随即沉没，死了若干没有价值的人。年月与两方面的船名，死者的人数，我都不记得了，只记得上海开追悼会的时候，有一副挽联道，"未必同舟皆敌国，不图吾辈亦清流。"

因此可以知道，碰伤在中国实是常有的事。至于完全责任，当然由被碰的去负担。譬如我穿着有刺钢甲，或是见毒的蛇，或是剑仙，有人来触，或看，或得罪了我，那时他们负了伤，岂能说是我的不好呢？又譬如火可以照暗，可以煮饮食，但有时如不吹熄，又能烧屋伤人，小孩们不知道这些方便，伸手到火边去，烫了一下，这当然是小孩之过了。

听说，这次碰伤的缘故由于请愿。我不忍再责备被碰的诸君，但我总觉得这办法是错的。请愿的事，只有在现今的立宪国里，还暂时勉强应用，其余的地方都不通用的了。例如俄国，在一千九百零几年，曾因此而有军警在冬宫前开炮之举，碰的更利害了。但他们也就从此不再请愿了。……我希望中国请愿也从此停止，各自去努力罢。

（十年六月，在西山。）

# 吃烈士

这三个字并不是什么音译,虽然读起来有点佶屈聱牙,其实乃是如字直说,就是说把烈士一块块地吃下去了,不论生熟。

中国人本来是食人族,象征地说有吃人的礼教,遇见要证据的实验派可以请他看历史的事实,其中最冠冕的有南宋时一路吃着人腊去投奔江南行在的山东忠义之民。不过这只是吃了人去做义民,所吃的还是庸愚之肉,现在却轮到吃烈士,不可谓非旷古未闻的口福了。

前清时捉到行刺的革党,正法后其心脏大都为官兵所炒而分吃,这在现在看去大有吃烈士的意味,但那时候也无非当作普通逆贼看,实行国粹的寝皮食肉法,以维护纲常,并不是如妖魔之于唐僧,视为十全大补的特品。若现今之吃烈士,则知其为——且正因其为烈士而吃之，此与历来之吃法又截然不同者也。

民国以来久矣没有什么烈士，到了这回五卅——终于应了北京市民的杞天之虑，因为阳历五月中有两个四月，正是庚子预言中的"二四加一五"，——的时候，才有几位烈士出现于上海。这些烈士的遗骸当然是都埋葬了，有亲眼见过出丧的人可以为凭，但又有人很有理由地怀疑，以为这恐怕全已被人偷吃了。据说这吃的有两种方法，一曰大嚼，一曰小吃。大嚼是整个的吞，其功效则加官进禄，牛羊繁殖，田地开拓；有此洪福者闻不过一二武士，所吞约占十分七八，下余一两个的烈士供大众知味者之分尝。那些小吃者多不过肘臂，少则一指一甲之微，其利益亦不厚，仅能多卖几顶五卅纱秋，几双五卅弓鞋，或在墙上多标几次字号，博得蝇头之名利而已。呜呼，烈士殉国，于委蜕更有何留恋，苟有利于国人，当不惜举以遗之耳。然则国人此举既得烈士之心，又能废物利用，殊无可以非议之处，而且顺应潮流，改良吃法，尤为可喜，西人尝称中国人为精于吃食的国民，至有道理。我自愧无能，不得染指，但闻"吃烈士"一语觉得很有趣味，故作此小文以申论之。乙丑大暑之日。

# 谈龙集

# 《谈龙集》序

近几年来所写的小文字，已经辑集的有《自己的园地》等三册一百二十篇，又《艺术与生活》里二十篇，但此外散乱着的还有好些，今年暑假中发心来整理他一下，预备再编一本小册子出来。等到收集好了之后一看，虽然都是些零星小品，篇数总有一百五六十，觉得不能收在一册里头了，只得决心叫他们"分家"，将其中略略关涉文艺的四十四篇挑出，另编一集，叫作《谈龙集》，其余的一百十几篇留下，还是称作《谈虎集》。

书名为什么叫做谈虎与谈龙，这有什么意思呢？这个理由是很简单的。我们（严格地说应云我）喜谈文艺，实际上也只是乱谈一阵，有时候对于文艺本身还不曾明了，正如我们著《龙经》，画水墨龙，若问龙是怎样的一种东西大家都没有看见过。据说从前有一位叶公，很喜欢龙，弄得一屋子里尽是雕龙画龙，等得真龙下降，他反吓得面如土色，至今留下做人家的话柄。我恐怕自己也就是这样地可笑。但是这一点我是明白的，我所谈的压根儿就是假龙，不过姑妄谈之，并不想请他来下雨，或是得一块的龙涎香。有人想知道真龙的请去找豢龙氏去，我这里是找不到什么东西的。我就只会讲空话，现在又讲到虚无飘渺的龙，那么其空话之空自然更可想而知了。

《谈虎集》里所收的是关于一切人事的评论。我本不是什么御史或监察委员，既无官守，亦无言责，何必来此多嘴，自取烦恼，我只是喜欢讲话，与喜欢乱谈文艺相同，对于许多不相干的事情，随便批评或注释几句，结果便是这一大堆的稿子。古人云，谈虎色变，遇见过老虎的人听到谈虎固然害怕，就是没有遇见过的谈到老虎也难免心惊，因为老虎实在是可怕的东西，原是不可轻易谈得的。我这些小文，大抵有点得罪人得罪社会，觉得好像是踏了老虎尾巴，私心不免惴惴，大有色变之虑，这是我所以集名谈虎之由来，此外别无深意。这一类的文字总数大约在二百篇以上，但是有一部分经我删去了，小半是过了时的，大半是涉及个人的议论；我也曾想拿来另编一集，可以表表在"文坛"上的一点战功，但随即打消了这个念头，因为我的绅士气（我原是一个中庸主义者）到底还是颇深，觉得这样做未免太自轻贱，所以决意模仿孔仲尼笔削的故事，而曾经广告过的《真谈虎集》于是也成为有目无书了。

《谈龙》《谈虎》两集的封面画都是借用古日本画家光琳（Korin）的，在《光琳百图》中恰好有两张条幅，画着一龙一虎，便拿来应用，省得托人另画。——《真谈虎集》的图案本来早已想好，就借用后《甲寅》的那个木铎里黄毛大虫。现在计画虽已中止，这个巧妙的移用法总觉得很想的不错，废弃了也未免稍可惜，只好在这里附记一下。

（民国十六年十一月八日，于北京苦雨斋。）

# 文艺批评杂话

一

中国现代之缺乏文艺批评,是一件无可讳言的事实。在日报月刊上尽管有许多批评似的文字,但是据我看来,都不能算是理想的文艺批评。我以为真的文艺批评,本身便应是一篇文艺,写出著者对于某一作品的印象与鉴赏,决不是偏于理智的论断。现在的批评的缺点大抵就在这一点上。

其一,批评的人以为批评这一个字就是吹求,至少也是含着负的意思,所以文章里必要说些非难轻蔑的话,仿佛是不如此便不成其为批评似的。这些非难文所凭藉的无论是旧道德或新文化,但是看错了批评的性质,当然不足取了。

其二，批评的人以为批评是下法律的判决，正如司法官一般；这个判决一下，作品的运命便注定了。在从前主义派别支配文艺界的时代，这样的事确是有过，如约翰孙别林斯奇等便是这一流的贤吏。但在现代这种办法已不通行，这些贤吏的少见那更不必说了。

这两种批评的缺点，在于相信世间有一种超绝的客观的真理，足为万世之准则，而他们自己恰正了解遵守着这个真理，因此被赋裁判的权威，为他们的批评的根据，这不但是讲"文以载道"或主张文学须为劳农而作者容易如此，固守一种学院的理论的批评家也都免不了这个弊病。我们常听见人拿了科学常识来反驳文艺上的鬼神等字样，或者用数学方程来表示文章的结构，这些办法或者都是不错的，但用在文艺批评上总是太科学的了。科学的分析的文学原理，于我们想理解文学的人诚然也是必要，但决不是一切。因为研究要分析，鉴赏却须综合的。文学原理，有如技术家的工具，孟子说，"大匠与人以规矩，不能与人巧。"我们可以应用学理看出文艺作品的方圆，至于其巧也就不能用规矩去测定他了。科学式的批评，因为固信永久不变的准则，容易流入偏执如上文所说，便是最好的成绩，也是属于学问范围内的文艺研究，如文学理论考证史传等，与文艺性质的文艺批评不同。陶渊明诗里有两句道，"奇文共欣赏，疑义相与析。"所谓文艺批评便是奇文共欣赏，是趣味的综合的事，疑义相与析，正是理智的分析的工作之一部分。

真的文艺批评应该是一篇文艺作品，里边所表现的与其说是对象的真相，无宁说是自己的反应。法国的法兰西在他的批评集序上说，

"据我的意思，批评是一种小说，同哲学与历史一样，给那些有高明而好奇的心的人们去看的；一切小说，正当的说来，无一非自叙传。好的批评家便是一个记述他的心灵在杰作间之冒险的人。

客观的批评，同客观的艺术一样的并不存在。那些自骗自的相信不曾把他们自己的人格混到著作里去的人们，正是被那最谬误的幻见所欺的受害者，事实是：我们决不能脱去我们自己。这是我们的最大不幸之一。倘若我们能够一刹那间用了苍蝇的多面的眼睛去观察天地，或者用了猩猩的简陋的头脑去思索自然，那么，我们当然可以做到了。但是这是绝对的不可能的。我们不

能像古希腊的铁勒西亚斯生为男人而有做过女人的记忆。我们被关闭在自己的人格里，正如在永久的监狱里一般。我们最好，在我看来，是从容的承认了这可怕的境况，而且自白我们只是说着自己，每当我们不能再守沉默的时候。

老实地，批评家应该对人们说，诸位，我现在将要说我自己，关于莎士比亚，关于拉辛，或巴斯加耳或歌德了。至少这个机会总是尽够好了。"

这一节话我觉得说的极好，凡是作文艺批评的人都应该注意的。我们在批评文里很诚实的表示自己的思想感情，正与在诗文上一样，即使我们不能把他造成美妙的文艺作品，总之应当自觉不是在那里下判决或指摘缺点。

二

我们凭了人间共通的情感，可以了解一切的艺术作品，但是因了后天养成的不同的趣味，就此生出差别，以至爱憎之见来。我们应当承认这是无可奈何的事，不过同时也应知道这只是我们自己主观的迎拒，不能影响到作品的客观的本质上去，因为他的绝对的真价我们是不能估定的。许多司法派的批评家硬想依了条文下一个确定的判决，便错在相信有永久不易的条文可以作评定文艺好坏的标准，却不知那些条文实在只是一时一地的趣味的项目，经过多数的附和，于是成为权威罢了。这种趣味当初尽有绝大的价值，但一经固定，便如化石的美人只有冷而沉重的美，或者不如说只有冷与沉重迫压一切强使屈服而已。现在大家都知道称赏英国济慈（Keats）的诗了，然而他在生前为"批评家"所痛骂，至于有人说他是被骂死的，这或是过甚之词，但也足以想见攻击的猛烈了。我们看着现代的情形，想到济慈被骂死的事件，觉得颇有不可思议的地方：为什么现在的任何人都能赏识济慈的诗，那时的堂堂《勃拉克乌特》杂志（*Blackwood's Magazine*）的记者却会如此浅陋，不特不能赏识而且还要痛骂呢，难道那时文艺批评家的见识真是连此刻的商人还不如么？大约不是的罢。这个缘故是，那时的趣味是十八世纪的，现在的却是济慈以后的十九世纪的了；至于一般批评家的程度未必便很相远，不过各自固执着同时代的趣味，表面上有点不同罢了。现代的批评家笑着《勃拉克乌特》记者的无识，一面却凭着文学之名，尽在那里痛骂异趣味的新"济慈"，这种事情是常有的。我们在学校社会教育各方面无形中养成一种趣味，为一生言行的指针，原是没有什么希奇，所可惜者这种趣味往往以"去年"为截止期，不肯容受"今天"的事物，而且又不承认这是近代一时的趣味，却要当他作永久不变的正道，拿去判断一切，于是济慈事件在文艺史上不绝书了。所以我们在要批评文艺作品的时候，一方面想定要诚实的表白自己的印象，要努力于自己表现，一方面更要明白自己的意见只是偶然的趣味的集合，决没有什么能够压服人的权威；批评只是自己要说话，不是要裁判别人：能够在文艺批评里具备了诚和谦这两件事，那么《勃拉克乌特》记者那样的失策庶几可以免去了罢。

以上的话，不过为我们常人自己知道平凡的人而说，至于真是超越的批评家当然又当别论了。我们常人的趣味大抵是"去年"的，至多也是"当日"（Up to date）的罢了，然而"精神的贵族"的诗人，他的思想感情可以说是多是"明天"的，因此这两者之间常保有若干的距离，不易接触。我们鉴于文艺史上的事件，学了乖巧，不肯用了去年的头脑去呵斥明天的思想，只好直抒所感的表白一番，但是到了真是距离太远的地方，也就不能再说什么了，在这时候便不得不等真的批评家的出现，给我们以帮助。他的批评的态度也总具着诚与谦这两件，唯因为他也是"精神的贵族"，他的趣味也超越现代而远及未来，所以能够理解同样深广的精神，指示出来，造成新的趣味。有些诗人当时被人骂倒而日后能够复活，或且成为偶像的，便都靠有这样的真批评家把他从泥里找寻出来。不过这是不可勉强的事，不是人人所做得到的。平凡的人想做这样的真批评家，容易弄巧成拙，不免有弃美玉而宝燕石的失着，只要表现自己而批评，并没有别的意思，那便也无妨碍，而且写得好时也可以成为一篇美文，别有一种价值，别的创作也是如此，因为讲到底批评原来也是创作之一种。

(一九二三年二月)

## 序 《竹林的故事》

冯文炳君的小说是我所喜欢的一种。我不是批评家，不能说他是否水平线以上的文艺作品，也不知道是那一派的文学，但是我喜欢读他，这就是表示我觉得他好。

我所喜欢的作品有好些种。文艺复兴时代说猥亵话的里昂医生，十八世纪讲刻毒话的爱耳兰神甫，近代做不道德的小说以及活剖人的心灵的法国和瑞典的狂人，……我都喜欢读，不过我不知怎地总是有点"隐逸的"，有时候很想找一点温和的读，正如一个人喜欢在树阴下闲坐，虽然晒太阳也是一件快事。我读冯君的小说便是坐在树阴下的时候。

冯君的小说我并不觉得是逃避现实的。他所描写的不是什么大悲剧大喜剧，只是平凡人的平凡生活，——这却正是现实。特别的光明与黑暗固然也是现实之一部，但这尽可以不去写他，倘若自己不曾感到欲写的必要，更不必说如没有这种经验。文学不是实录，乃是一个梦：梦并不是醒生活的复写，然而离开了醒生活梦也就没有了材料，无论所做的是反应的或是满愿的梦。冯君所写多是乡村的儿女翁媪的事，这便因为他所见的人生是这一部分，——其实这一部分未始不足以代表全体：一个失恋的姑娘之沉默的受苦未必比蓬发薰香，着小蛮靴，胸前挂鸡心宝石的女郎因为相思而长吁短叹，寻死觅活，为不悲哀，或没有意思。将来著者人生的经验逐渐进展，他的艺术也自然会有变化，我们此刻当然应以著者所愿意给我们看的为满足，不好要求他怎样地照我们的意思改作，虽然爱看不爱看是我们的自由。

冯君著作的独立的精神也是我所佩服的一点。他三四年来专心创作，沿着一条路前进，发展他平淡朴讷的作风，这是很可喜的。有茀罗倍耳那样的好先生，别林斯奇那样的好批评家，的确值得也是应该听从的，但在中国那里有这些人；你要去找他们，他不是叫你拿香泥塑一尊女菩萨，便叫你去数天上的星，结果是筋疲力尽地住手，假如是聪明一点。冯君从中外文学里涵养他的趣味，一面独自走他的路，这虽然寂寞一点，却是最确实的走法，我希望他这样可以走到比此刻的更是独殊的他自己的艺术之大道上去。

这种丛书，向来都是没有别人的序的，但在一年多前我就答应冯君，出小说集时给做一篇序，所以现在不得不写一篇。这只代表我个人的意见，并不是什么批评。我是认识冯君，并且喜欢他的作品的，所以说的不免有点偏，倘若当作批评去看，那就有点像"戏台里喝彩"式的普通评论，不是我的本意了。

（一九二五年九月三十日，于北京。）

# 猥亵的歌谣

民国七年本校开始征集歌谣，简章上规定入选歌谣的资格，其三是"征夫野老游女怨妇之辞，不涉淫亵而自然成趣者"。十一年发行《歌谣周刊》，改定章程，第四条寄稿人注意事项之四云，"歌谣性质并无限制；即语涉迷信或猥亵者亦有研究之价值，当一并录寄，不必先由寄稿者加以甄择。"在发刊词中亦特别声明，"我们希望投稿者……尽量的录寄，因为在学术上是无所谓卑猥或粗鄙的。"但是结果还是如此，这一年内我们仍旧得不到这种难得的东西。据王礼锡先生在《安福歌谣的研究》（《歌谣周刊》二二号转录）上说，家庭中传说经过了一次选择，"所以发于男女之情的，简直没有听过。"这当然也是一种原因，但我想更重要的总是由于纪录者的过于拘谨。关于这个问题现在想略加讨论，希望于歌谣采集的前途或者有一点用处。

什么是猥亵的歌谣？这个似乎简单的疑问，却并不容易简单地回答。笼统地讲一句，可以说"非习惯地说及性的事实者为猥亵"。在这范围内，包有这四个项目，即（一）私情，（二）性交，（三）支体，（四）排泄。有些学者如德国的福克斯（Fuchs），把前三者称为"色情的"，而以第四专属于"猥亵的"，以为这正与原义密合，但平常总是不分，因为普通对于排泄作用的观念也大抵带有色情的分子，并不只是污秽。这四个项目虽然容易断定，但既系事实，当然可以明言，在习惯上要怎样说才算是逾越范围，成为违碍字样呢，这一层觉得颇难速断。有些话在田野是日常谈话而绅士们以为不雅驯者，有些可以供茶余酒后的谈笑，而不能形诸笔墨者，其标准殊不一律，现在只就文艺作品上略加检查，且看向来对于这些事情宽容到什么程度。据霭理斯说，在英国社会上，"以尾闾尾为中心，以一尺六寸的半径——在美国还要长一点——画一圆圈，禁止人们说及圈内的器官，除了那打杂的胃"。在中国倘若不至于此，那就万幸了。

私情的诗，在中国文学上本来并不十分忌讳。讲一句迂阔的话，三百篇经"圣人删订"，先儒注解，还收有许多"淫奔之诗"，尽足以堵住道学家的嘴。譬如"子不我思，岂无他人"这样话，很有非礼教的色彩，但是不曾有人非难。在后世诗词上，这种倾向也很明显，李后主的《菩萨蛮》云，

画堂南畔见，一晌偎人颤。
奴为出来难，教郎恣意怜。

欧阳修的《生查子》云，

月上柳梢头，人约黄昏后。

都是大家传诵的句，虽然因为作者的人的关系也有多少议论。中国人对于情诗似有两极端的意见：一是太不认真，以为"古人思君怀友，多托男女殷情，若诗人风刺邪淫，又代狡狂自述"；二是太认真，看见诗集标题纪及红粉丽情，便以为是"自具枷杖供招"。其实却正相反，我们可以说美人香草实是寄托私情，而幽期密约只

以抒写昼梦，据近来的学术说来，这是无可疑的了。说得虚一点，仿佛很神秘的至情，说得实一点便似是粗鄙的私欲，实在根柢上还是一样，都是所谓感情的体操，并当在容许之列，所以这一类的歌词当然不应抹杀，好在社会上除了神经变质的道学家以外原没有什么反对，可以说是不成问题了。

诗歌中咏及性交者本不少见，唯多用象征的字句，如亲嘴或拥抱等，措词较为含蓄蕴藉；此类歌词大都可以归到私情项下去，一时看不出什么区别。所罗门《雅歌》第八章云，

我的良人哪，求你快来，
如羚羊或小鹿在香草山上。

《碧玉歌》的第四首云，

碧玉破瓜时，相为情颠倒。
感郎不羞郎，回身就郎抱。

都可以算作一例。至于直截描写者,在金元以后词曲中亦常有之,《南宫词纪》卷四,沈青门的《美人荐寝》,梁少白的《幽会》(风情五首之一),大约可为代表,但是源流还在《西厢》里,所以要寻这类的范本不得不推那"酬简"的一出了。散文的叙述,在小说里面很是常见,唯因为更为明显,多半遭禁。由此看来,社会不能宽容,可以真正称为猥亵的,只有这一种描写普通性交的文字。这虽只是根据因袭的习俗而言,即平心的说,这种叙述,在学术上自有适当的地位,若在文艺上面,正如不必平面地描写吃饭的状态一样,除艺术家特别安排之外,也并无这种必要。所以寻常刊行物里不收这项文字,原有正当的理由,不过在非卖品或有限制的出版品上,当然又是例外。

诗歌中说及支体的名称,应当无可非议,虽然在绅士社会中"一个人只剩了两截头尾",有许多部分的身体已经失其名称。古文学上却很是自由,如《雅歌》所说:

你的两乳好像百合花中吃草的一对小鹿,
　就是母鹿双生的。

你的肚脐如圆杯,

不缺调和的酒。

又第四章十二节以后,"我妹子,我新妇,乃是关锁的园"等数节,更是普通常见的写法,据说莎士比亚在 Venus and Adonis 诗中也有类似的文章,上面所举沈青门词亦有说及而更为粗劣。大抵那类字句本无须忌讳,唯因措词的巧拙所以分出优劣,即使专篇咏叹,苟不直接的涉及性交,似亦无屏斥的理由,倘若必要一一计较,势必至于如现代生理教科书删去一章而后可,那实在反足以表示性意识的变态地强烈了。

凡说及便溺等事,平常总以为是秽,其实也属于亵,因为臀部也是"色情带",所以对于便溺多少含有色情的分子,与对于痰汗等的观念略有不同。中古的禁欲家宣说人间的卑微,常说生于两便之间(Inter faeces et urinum nascimur),很足以表示这个消息。滑稽的儿歌童话及民间传说中多说及便溺,极少汗垢痰唾,便因猥亵可以发笑而污秽则否,盖如德国格卢斯(Groos)所说,人听到关于性的暗示,发生呵痒的感觉,爆裂而为笑，使不至化为性的兴奋。更从别一方面，我们也可以看出便溺与性之相关，如上文所引《雅歌》中咏肚脐之句，以及英国诗人赫列克（Robert Herrick）的 *To Dianeme* 诗中句云，

> Show me that hill where smiling Love doth sit,
> Having a living fountain under it.

都是好例。中国的例还未能找到，但读花人著《红楼梦论赞》中有《贾瑞赞》一篇，也就足以充数了。所以这一类的东西，性质同咏支体的差不多，不过较为曲折，因此这个关系不很明了罢了。

照上面所说的看来，这四种所谓猥亵的文词中，只有直说性交的可以说是有点"违碍"，其余的或因措词粗俗觉得不很雅驯，但总没有除灭的必要。本会搜集的歌谣里，或者因为难得，或者因为寄稿者的审慎，极缺少这类的作品，这是很可惜的事，只有白经天先生的柳州情歌百八首，蓝孕欧先生的平远山歌二十首，刘半农的江阴船歌二十首等，算是私情歌的一点好成绩。但我

知道乡间曾有性交的谜语，推想一定还多有各样的歌谣，希望大家放胆的采来，就是那一项"违碍字样"的东西，我们虽然不想公刊，也极想收罗起来，特别编订成书，以供专家之参考，所以更望大家供给材料，完成这件重大的难事业。

我们想一论猥亵的歌谣发生的理由，可惜没有考证的资料，只能凭空的论断一下，等将来再行订正。有许多人相信诗是正面的心声，所以要说歌谣的猥亵是民间风化败坏之证，我并不想替风俗作辩护，但我相信这是不确的。诗歌虽是表现作者的心情，但大抵是个反映，并非真是供状，有一句诗道，"嘴唱着歌，只在他不能亲吻的时候"，说的最有意思。猥亵的歌谣的解说所以须从别方面去找才对。据我的臆测，可以从两点上略加说明。其一，是生活的关系。中国社会上禁欲思想虽然不很占势力，似乎未必会有反动，但是一般男女关系很不圆满，那是自明的事实。我们不要以为两性的烦闷起于五四以后，乡间的男妇便是现在也很愉快地过着家庭生活；这种烦闷在时地上都是普遍的，乡间也不能独居例外。蓄妾宿娼私通，我们对于这些事实当然要加以非难，但是我们见了中产阶级的蓄妾宿娼，乡民的私通，要知道这未必全然由于东方人的放逸，至少有一半是由于求自由的爱之动机[1]，不过方法弄错了罢了。猥亵的歌谣，赞美私情种种的民歌，即是有此动机而不实行的人所采用的别求满足的方法。他们过着贫困的生活可以不希求富贵，过着庄端的生活而总不能忘情于欢乐，于是唯一的方法是意淫，那些歌谣即是他们的梦，他们的法悦（Ecstasia）。其实一切情诗的起源都是如此，现在不过只应用在民歌上罢了。

其二，是言语的关系。猥亵的歌谣起源与一切情诗相同而比较上似乎特别猥亵，这个原因我想当在言语上面。我在《江阴船歌》的序上曾说，"民间的原始的道德思想本极简单不足为怪；中国的特别文字，尤为造成这现象的大原因。久被蔑视的俗语，未经文艺上的运用，便缺乏了细腻曲折的表现力；简洁高古的五七言句法，在民众诗人手里又极不便当，以致变成那种幼稚的文体，而且将意思也连累了。"这还是就寻常的情歌而言，若更

---

[1] 这当然并非辩护那些行为，只是说明他们的一种心理。通行俗歌里有云，"家花不及野花香"，便因野花可以自由选择的缘故。

进一步的歌词，便自然愈是刺目；其实论到内容，《十八摸》的唱本与祝枝山辈所做的细腰纤足诸词并不见得有十分差异，但是文人酒酣耳热，高吟艳曲，不以为奇，而听到乡村的秧歌则不禁颦蹙，这个原因实在除了文字之外无从去找了。词句的粗拙当然也是一种劣点。但在采集者与研究者明白这个事实，便能多谅解他一分，不至于凭了风雅的标准辄加摈斥，所以在这里特再郑重说明，希望投稿诸君的注意。

这一篇小文是我应《歌谣》周年增刊的征求，费了好些零零碎碎的时刻把他凑合起来的，所以全篇没有什么组织，只是一则笔记罢了。我的目的只想略略说明猥亵的分子在文艺上极是常见，未必值得大惊小怪，只有描写性交措词拙劣者平常在被摈斥之列，——不过这也只是被摈于公刊，在研究者还是一样的珍重的，所以我们对于猥亵的歌谣也是很想搜求，而且因为难得似乎又特别欢迎。我们预备把这些希贵的资料另行辑录起来，以供学者的研究，我这篇闲谈便只算作搜集这类歌谣的一张广告。

（一九二三年十二月，北京大学《歌谣周刊》纪念增刊。）

## 《香园》

一

理查白登（Sir Richard Burton，1821—1890）是英国近代的大旅行家，做过几任领事，后授勋爵，但他的大胆不羁却完全超出道学的绅士社会之外。据说有一回格兰斯敦讲演，大谈东方事情，大家屏息谨听，白登独起来说道，"格兰斯敦先生，我告诉你，你所说的话，都完全绝对与事实相反。"邻坐的人便将一张纸片塞在他的手里，上边写道，"勿反对格兰斯敦先生。此为从来所无。"但白登的名誉（在别方面说也可以算是不名誉）据我们看起来却更伟大地建筑在他的《一千一夜》全译与笺注上，只可惜没有钱买一部旧书来看，单是闻名罢了。亚拉伯有这一部奇书，是世界故事的大观；波斯另有一部东西，也不愧为奇书，这就是霭理斯在他的大著里时常说起的《香园》。据美国加耳佛顿著《文学上之性的表现》（Calverton, *Sex expression in literature*，1926）说，

"白登尽力于《香园》之翻译，自己说是文学工作中的最上成绩，死后却被他的妻毁掉了，她辩护这种风狂的行为说，她希望他的名誉永远无疵瑕地存在。她又把白登的罗马诗人加都路思的未完译本，日记笔记一切稿件，都同《香园》烧掉，以为这是尽她贤妻的责任。白登的妻这样凶猛地毁灭贵重的文稿，其动机是以中产阶级道德为根据，而使白登去翻译像《香园》这种淫书的动机当然是非中产阶级的了。"

我在这里不禁联想到刻《素女经》等书的故叶德辉先生了。这些书，自然都是道士造出来的，里边有许多荒谬的话，但也未必没有好的部分，总不失为性学的好资料，叶氏肯大胆地公表出来，也是很可佩服的，——所可怪的是，他却是本来"翼教"的，当然是遵守中产阶级道德，这是一个很大的矛盾。不过这个谜或者也还不难明了，叶氏对于这些书的趣味大约只在于采补一方面，并不在于坦白地谈性的现象与爱之艺术，有如现代

常识的人们所见。据京津报上所载，叶氏已在湖南被枪毙了。为什么缘故呢，我们不知道。我希望总不会是为了刻那些书的缘故罢？中国有最奇怪的现象，崇奉圣道的绅士，常有公妻（自然是公人家的）之行为，平时无人敢说，遇有变乱便难免寻仇，这是很常见的。日本的机关《顺天时报》最喜造谣，说中国某处公妻，却不知中国老百姓是最不愿公妻的，决不会发生这种运动，只有绅士与大兵有时要试他一试，结果常常是可怕的反动，古语所谓民变，前年河南红枪会之屠杀陕军，即是明证，别处地方之迫害绅士也多少与这个有关。在中国的日本报专以造谣为事，本来不值得计较，只是因叶德辉的事连带说及，并非破工夫和他对说，要请读者原谅。

二

我前曾说起亚拉伯的奇书《香园》，近日于无意中得到一本。霭理斯在《性心理之研究》第六册五一三页上说：

"一经受了基督教底禁欲主义底洗礼以后，爱情便不再是，如同在古代一样，一种急需培养的艺术，而变为一种必须诊治的病症,因此上古尊崇爱底艺术之精神之承继者,不是耶教化的国家,而是回教化的地方了。奈夫苏义(Nefzaoni)底《馥郁的田园》大概是十六世纪在特尼斯(Tunis)城的一位著作家所作的,他底卷首语就很明了地表示给我们,爱情并不是一种疾病:感谢神,他把男子底最大的愉快放在女人的身上,并且使女人能够从男子底身上获得最大的快乐。"(采用汉译《爱底艺术》十三页译文,但文字上略有改动,卷首语查原书说的非常率直,比霭理斯所引还要直说,现在索性改得含混一点了。)

我所有的这一本书,题名《怡神的香园》,奈夫札威上人(Shaykh Nafzawi)原著,全书凡二十一章,这是三卷中之第一卷,仅有首三章,及序文一百十一页。第一章论女人所珍赏的男子,第二章论男子所爱重的女人,第三章论为女人所轻蔑的男子,各以《一千一夜》式的故事申明之。卷首译者引理查白登语曰,"这不是给婴孩看的书。"此书在欧洲出版皆非公开,唯照我们的眼光看去,其故事之描写虽颇直率,在中国旧小说中并非希有,故亦不足惊异,但与中国淫书有一相差极远的异点,即其态度全然不同。中国的无聊文人做出一部淫书，无论内容怎样恣肆，他在书的首尾一定要说些谎话，说本意在于阐发福善祸淫之旨，即使下意识里仍然是出于纵欲思想，表面总是劝惩，所说的也就更是支离了。奈夫札威上人的意思却在编一部恋爱的教科书，指导人应该如此而不应该如彼，他在开始说不雅驯的话之先，恭恭敬敬地要祷告一番，叫大悲大慈的神加恩于他，这的确是明澈朴实的古典精神，很是可爱的。我又曾见到一本印度讲"爱之术"（Ars Amatoria，用中国古语应译作房中术）的书，德人须密特所译，名为 Das Ratirahasyam（《欲乐秘旨》），共十五章，首论女人的种类，末列各种药方，与叶德辉所辑的《素女经》等很是相像，但与中国也有一个极大的异处，就是这位"博学诗人"壳科加君（Sri Kokkoka）并不是黄帝彭祖之徒，希望白日飞升的，所以他说的只是家庭——至多也是草露间的事，并没有选鼎炼丹这种荒唐思想。我们看过这些书，觉得很有意思，不仅满足了一部分好奇心，比看引用的文字更明白他的真相，又因此感到一件事实，便是中国人在东方民族中特别是落后；在上面的两个比较上可以看出中国人落在礼教与迷信的两重网里，（虽然讲到底这二者都出萨满教，其实还是一个，）永久跳不出来，如不赶紧加入科学的光与艺术的香去救治一下，极少解脱的希望。其次觉得有趣味的是，这些十五六世纪的亚拉伯印度的古怪书里的主张很有点与现代相合。霭理斯在他的大著上早已说过，随后经斯妥布思女士的鼓吹，在文明社会（这当作如字讲，我并不含有一点反意）差不多都已了解，性的关系应以女性为主，这一层在那异教徒们所提倡的似乎也是如此。文明社会如能多少做到这样，许多家庭与恋爱的悲剧可以减少，虽然全体的女子问题还须看那普天同愤神人不容的某种社会改革能否实现才能决定，我们此刻无须多嘴的了。

（十六年八月五日，于北京。）

# 上海气

我终于是一个中庸主义的人：我很喜欢闲话，但是不喜欢上海气的闲话，因为那多是过了度的，也就是俗恶的了。上海滩本来是一片洋人的殖民地；那里的（姑且说）文化是买办流氓与妓女的文化，压根儿没有一点理性与风致。这个上海精神便成为一种上海气，流布到各处去，造出许多可厌的上海气的东西，文章也是其一。

上海气之可厌，在关于性的问题上最明了地可以看出。他的毛病不在猥亵而在其严正。我们可以相信性的关系实占据人生活动与思想的最大部分，讲些猥亵话，不但是可以容许，而且觉得也有意思，只要讲得好。这有几个条件：一有艺术的趣味，二有科学的了解，三有道德的节制。同是说一件性的事物，这人如有了根本的性知识，又会用了艺术的选择手段，把所要说的东西安排起来，那就是很有文学趣味，不，还可以说有道德价值的文字。否则只是令人生厌的下作话。上海文化以财色为中心，而一般社会上又充满着饱满颓废的空气，看不出什么饥渴似的热烈的追求。结果自然是一个满足了欲望的犬儒之玩世的态度。所以由上海气的人们看来，女人是娱乐的器具，而女根是丑恶不祥的东西，而性交又是男子的享乐的权利，而在女人则又成为污辱的供献。关于性的迷信及其所谓道德都是传统的，所以一切新的性知识道德以至新的女性无不是他们嘲笑之的，说到女学生更是什么都错，因为她们不肯力遵"古训"如某甲所说。上海气的精神是"崇信圣道，维持礼教"的，无论笔下口头说的是什么话。他们实在是反穿皮马褂的道学家，圣道会中人。

自新文学发生以来，有人提倡"幽默"，世间遂误解以为这也是上海气之流亚，其实是不然的。幽默在现代文章上只是一种分子，其他主要的成分还是在上边所说的三项条件。我想，这大概就从艺术的趣味与道德的节制出来的，因为幽默是不肯说得过度，也是Sophrosune——我想就译为"中庸"的表现。上海气的闲话却无不说得过火，这是根本上不相像的了。

上海气是一种风气，或者是中国古已有之的，未必一定是有了上海滩以后方才发生的也未可知，因为这上海气的基调即是中国固有的"恶化"，但是这总以在上海为最浓重，与上海的空气也最调和，所以就这样的叫他，虽然未免少少对不起上海的朋友们。这也是复古精神之一，与老虎狮子等牌的思想是殊途同归的，在此刻反动时代，他们的发达正是应该的吧。

（十五年二月二十七日，于北京。）

# 个性的文学

假的，模仿的，不自然的著作，无论他是旧是新，都是一样的无价值；这便因为他没有真实的个性。

印度那图夫人（Sarojini Naidu）的诗集《时鸟》（*Bird of Time*，1915）上，有一篇英国戈斯（Edmund Gosse）的序文。他说，那图夫人留学英国的时候，曾拿一卷诗稿给他看。诗也还好，只是其中夜莺呵，蔷薇呵，多是一派英国诗歌里的习见语，所以他老实的告诉她，叫她先将这诗稿放到废纸篓里，再开手去做真的她自己的诗。其结果便是《黄金的门》（*The Golden Threshold*）以下几部有名的诗集。这一节话，我觉得很有意味。戈斯并不是说印度人不应该做英国式的诗，不过因为这些思想及句调实在是已经习见，不必再劳她来复述一遍；她要做诗，应该去做自己的诗才是。但她是印度人，所以她的生命所寄的诗里自然有一种印度的情调，为非印度人所不能感到，然而又是大家所能理解者：这正是她的诗歌的真价值之所在，因为就是她的个性之所在。正确的说来，她的个性，不但当然与非印度人不同，便是与他印度人也当然不同，倘若她的诗模仿泰戈尔（R. Tagore）也讲什么"生之实现"，那又是假的，没有价值了。或者她的确是做自己的诗，但所含的倘是崇拜撒提（Suttee）一类的人情以外的思想，在印度的"国粹派"——大约也是主张国虽亡而"经"不可不读的一流人——看来或者很有价值，不过为世界的"人"们所不能理解，也就不能承认他为人的文学了。

因此我们可以得到结论：（1）创作不宜完全没煞自己去模仿别人，（2）个性的表现是自然的，（3）个性是个人唯一的所有，而又与人类有根本上的共通点，（4）个性就是在可以保存范围内的国粹，有个性的新文学便是这国民所有的真的国粹的文学。

# 谈虎集

# 祖先崇拜

远东各国都有祖先崇拜这一种风俗。现今野蛮民族多是如此，在欧洲古代也已有过。中国到了现在，还保存这部落时代的蛮风，实是奇怪。据我想，这事既于道理上不合，又于事实上有害，应该废去才是。

第一，祖先崇拜的原始的理由，当然是本于精灵信仰。原人思想，以为万物都有灵的，形体不过是暂时的住所。所以人死之后仍旧有鬼，存留于世上，饮食起居还同生前一样。这些资料须由子孙供给，否则便要触怒死鬼，发生灾祸，这是祖先崇拜的起源。现在科学昌明，早知道世上无鬼，这骗人的祭献礼拜当然可以不做了。这宗风俗，令人废时光，费钱财，很是有损，而且因为接香烟吃羹饭的迷信，许多男人往往藉口于"不孝有三无后为大"的谬说，买妾蓄婢，败坏人伦，实在是不合人道的坏事。

第二，祖先崇拜的稍为高上的理由，是说"报本返始"，他们说，"你试思身从何来？父母生了你，乃是昊天罔极之恩，你哪可不报答他？"我想这理由不甚充足。父母生了儿子，在儿子并没有什么恩，在父母反是一笔债。我不信世上有一部经典，可以千百年来当人类的教训的，只有记载生物的生活现象的 Biologie（生物学）才可供我们参考，定人类行为的标准。在自然律上面，的确是祖先为子孙而生存，并非子孙为祖先而生存的。所以父母生了子女，便是他们（父母）的义务开始的日子，直到子女成人才止。世俗一般称孝顺的儿子是还债的，但据我想，儿子无一不是讨债的，父母倒是还债——生他的债——的人。待到债务清了，本来已是"两讫"；但究竟是一体的关系，有天性之爱，互相联系住，所以发生一种终身的亲善的情谊。至于恩这一个字，实是无从说起，倘说真是体会自然的规律，要报生我者的恩，那便应该更加努力做人，使自己比父母更好，切实履行自己的义务，——对于子女的债务——使子女比自己更好，才是正当办法。倘若一味崇拜祖先，想望做古人，自羲皇上溯盘古时代以至类人猿时代，这样的做人法，在自然律上，明明是倒行逆施，决不可许的了。

我最厌听许多人说，"我国开化最早"，"我祖先文明什么样"。开化的早，或古时有过一点文明，原是好的。但何必那样崇拜，仿佛人的一生事业，除恭维我祖先之外，别无一事似的。譬如我们走路，目的是在前进。过去的这几步，原是我们前进的始基，但总不必站住了，回过头去，指点着说好，反误了前进的正事。因为再走几步，还有更好的正在前头呢！有了古时的文化，才有现在的文化；有了祖先，才有我们。但倘如古时文化永远不变，祖先永远存在，那便不能有现在的文化和我们了。所以我们所感谢的，正因为古时文化来了又去，祖先生了又死，能够留下现在的文化和我们——现在的文化，将来也是来了又去，我们也是生了又死，能够留下比现时更好的文化和比我们更好的人。

我们切不可崇拜祖先，也切不可望子孙崇拜我们。

尼采说，"你们不要爱祖先的国，应该爱你们子孙的国。……你们应该将你们的子孙，来补救你们自己为祖先的子孙的不幸。你们应该这样救济一切的过去。"所以我们不可不废去祖先崇拜，改为自己崇拜——子孙崇拜。

（八年三月）

# 批评的问题

近来有人因为一部诗集,又大打其笔墨官司。这部诗集和因此发生的论战,我都未十分留心,所以也没有什么议论,只是因此使我记起一件旧事来,所以写这几句做一个冒头罢了。

有一天,我和一个朋友谈到批评家的职务,我说,批评家应该专绍介好著作,至于那些无价值的肉麻或恶心的作品,可以不去管他。这理由共有三层。其一,不应当败读者的兴。读者所要求的是好著作,现在却将无价值等等的书详细批评,将其无价值等等处所一一列举,岂不令看的人扫兴?譬如游山的向导,不指点好风景给游人看,却对他们说路上的污泥马粪怎样不洁,似乎不很适当罢。其二,现今的人还不很有承受批评的雅量。你如将他的著作,连声赞叹,临末结一句"洵不可不人手一编也",这倒也罢了。倘若你指摘他几处缺点,便容易惹出是非,相骂相打,以至诉讼,械斗。这又何苦来?其三,古人有隐恶扬善之义。中国的事,照例是做得说不得,古训说的妙,"闻人有过,如闻父母之名,耳可得而闻,口不可得而言。"做了三五部次书,究竟与店家售卖次货不同,(卖次货是故意的骗人,做次书只是为才力所限,)还未必能算什么过恶,自然更应该原谅了。

朋友却不以为然,他说,批评家的职务,固然在绍介好著作,但倘使不幸而有不好著作出现,他也应该表明攻击。游山的向导能够将常人所不注意的好景致指点给人看,固然是他的职务,但他若专管这事,不看途中的坏处,使游客一不留神,跌倒烂泥马粪里去,岂不更令人败兴么?所以批评家一面还有一种不甚愉快的职务,便是做清道夫,将路上的烂泥马粪,一铲一铲的掘去。所以总括一句,批评家实在是文学界上的清道夫兼引路的向导。

这朋友的话虽然只驳倒了我所说的第一层,我的主张却也因此不甚稳固了。但我总还是不肯就服,仍旧以我自己的主张为然。现在一想,又觉得朋友所说的也不错，批评家的确也是清道夫，———一种很不愉快的职业。我于是对于清道夫的批评家不能不表同情，因为佩服他有自愿去担任这不愉快的职务的勇气。我先前也曾有一种愿望，想做批评家，只是终于没有文章发表，现在却决心不做了。因为我的胆未免太怯，怕得向人谢罪和人涉讼的。

（十年五月十日，在医院。）

# 美文

外国文学里有一种所谓论文,其中大约可以分作两类。一批评的,是学术性的。二记述的,是艺术性的,又称作美文,这里边又可以分出叙事与抒情,但也很多两者夹杂的。这种美文似乎在英语国民里最为发达,如中国所熟知的爱迭生,阑姆,欧文,霍桑诸人都做有很好的美文,近时高尔斯威西,吉欣,契斯透顿也是美文的好手。读好的论文,如读散文诗,因为他实在是诗与散文中间的桥。中国古文里的序,记与说等,也可以说是美文的一类。但在现代的国语文学里,还不曾见有这类文章,治新文学的人为什么不去试试呢?我以为文章的外形与内容,的确有点关系,有许多思想,既不能作为小说,又不适于做诗,(此只就体裁上说,若论性质则美文也是小说,小说也就是诗,《新青年》上库普林作的

《晚间的来客》，可为一例，）便可以用论文式去表他。他的条件，同一切文学作品一样，只是真实简明便好。我们可以看了外国的模范做去，但是须用自己的文句与思想，不可去模仿他们。《晨报》上的"浪漫谈"，以前有几篇倒有点相近，但是后来（恕我直说）落了窠臼，用上多少自然现象的字面，衰弱的感伤的口气，不大有生命了。我希望大家卷土重来，给新文学开辟出一块新的土地来，岂不好么？

（十年五月）

# 京城的拳头

偶然听到一个骡车夫说，二十六年前的情形比现在还要好一点，而那时乃是庚子年。同时有些爱国家则正在呼号，大家只须慎防洋人，至于拳头向来是京城的好，（案这个故典大约出在《笑林广记》,）不妨承受些许。查所谓国家主义是现今最时髦的东西，无论充导师的是著名"糊涂透顶"的人，总之是不会错的，但是，我疑惑，我们为什么要慎防洋人，岂不是因为怕被虐待，做奴隶么？现在我们既然受过庚子的训练，而且到了现在回想起来还觉得比较地并不怎么不舒服，那么做外国的奴在京兆人未必是很可怕的事情了吧。拳头总是一样，我们不愿承受"晚娘的拳头"，但也不见得便欢迎亲娘的。这一节爱国家如不了解，所说的都是糊涂话，——如其是无心的还可以算是低能；故意的呢，那是奴才之尤了。

（丙寅端午后三日，京兆岂明。）

## 头发名誉和程度

八月二十日《世界日报》载"欧阳晓澜谓女附中未拒绝剪发女生投考",结果是拒绝投考云无其事而不取剪发女生却是事实,请看这一节该附中主任的谈话:

"往时剪发生投考者,程度均不甚佳。……至校中诸生所以未有中途剪发者,因本校学生素爱名誉,学校既以整齐为教,学生亦不愿少数人独异。"

原来头发是与名誉和程度有这样的关系,真开发我的见识不少。剪发是不名誉的事,因为宪谕煌煌,在那里禁止,在顺民看来当然是无可疑的。但是程度呢?难道这真与头发有神秘的关系,乌云覆顶则经书烂熟,青丝坠地而英算全忘乎?奇哉怪哉,亦复异哉!虽然,是殆不足异也,古已有之。《旧约·士师记》第十六章说:

"参孙对她说,向来人没有用剃头刀剃我的头,因为我自出母胎就归上帝作拿细耳人,若剃了我的头发,我的力气就离开我,我便软弱像别人一样。

大利拉使参孙枕着她的膝睡觉,叫了一个人来剃除他头上的七条发绺。于是大利拉克制他,他的力气就离开他了。大利拉说,参孙哪,非利士人拿你来了。参孙从睡中醒来,心里说,我要像前几次出去活动身体,他却不知道耶和华已经离开他了。非利士人将他拿住,剜了他的眼睛,带他下到迦萨,用铜链拘索他。他就在监里推磨。"

是的,她们毛丫头剪除了头上的两条发绺,于是《女儿经》的信徒克制她们,她们的名誉和程度离开她们了。阿门!

(十六年八月)

# 外行的按语

蔡孑民先生由欧洲归国，已于三日到上海了。"上海四日上午十二时国闻社电"，发表蔡先生关于军阀，政客学者，学生界，共产诸问题的谈话，北京《晨报》除于五日报上大字揭载外，并附有记者按语至十三行之多，末五行云，"今（蔡）初入国，即发表以上之重要谈话，当为历年潜心研究与冷眼观察之结果，大足诏示国人，且为知识阶级所注意也。"我虽不能自信为知识阶级，原可不必一定注意，但该谈话既是"诏示国人"，那么我以国人的资格自有默诵一回的义务；既诵矣不能无所思，既思矣不能无所言，遂写成此数十行之小文，发表于小报上以当我个人的按语。

我辟头就得声明，我是一个外行，对于许多东西，如经济，政治，艺术，以及宗教，虽我于原始宗教思想觉得有点兴趣。然而我也并不自怯，我就以一个外行人对于种种问题来讲外行话。如蔡先生的那个有名的"以美育代宗教"的主张我便不大敢附和；我别的都不懂，只觉得奇怪，后来可以相代的东西为什么当初分离而发达，当初因了不同的要求而分离发达的东西后来何以又可相代？我并不想在这里来反对那个主张，只是举一个例，表示我是怎样的喜欢以外行人来说闲话罢了。现在又是别一个例。

蔡先生那番谈话，据我看来，实在是很平常的"老生常谈"，未必是什么潜心和冷眼的结果，但是《晨报》记者却那样的击节叹赏，这个缘由我们不难知道，因为那副题明明标出两行道，"反对政客学者依附军阀，对学生界现象极不满。"这两项意见就是极平常的老生常谈，我们不等蔡先生说也是知道的，虽然因电文简略，没有具体的说明蔡先生的意思，不知究竟和我们或《晨报》记者的是否相合。总之这既是老生常谈，我们可以不必多论，我所觉得可以注意的，却是在不见于副题的关于共产主义的谈话。国闻社电报原文如下，"对共产，赞成其主义，但主采克鲁泡特金之互助手段，反对马克思之阶级争斗。"

我在这里又当声明,(这真麻烦透了,)我并不是共产党,但是共产思想者,即蔡先生所谓赞成其主义,我没有见过马克思的书皮是红是绿,却读过一点克鲁泡特金,但也并没有变成"安那其"。我相信现在稍有知识的人(非所谓知识阶级)当无不赞成共产主义,只有下列这些人除外:军阀,官僚,资本家(政客学者附)。教士呢,中国没有,这不成问题。其实照我想来,凡真正宗教家应该无一不是共产主义者。宗教的目的是在保存生命,无论这是此生的或是当来的生命;净土,天堂,蓬莱,乌托邦,无何有之乡,都只是这样一个共产社会,不过在时间空间上有远近之分罢了。共产主义者正是与他们相似的一个宗教家,只是想在地上建起天国来,比他们略略性急一点。所以我不明白基督教徒会反对共产,因为这是矛盾到令我糊涂。总之在吸着现代空气的人们里,除了凭藉武力财力占有特权,想维持现状的少数以外,大抵都是赞成共产主义者,蔡先生的这个声明很可以作这些人的代白。但是主义虽同,讲到手段便有种种说法。蔡先生的主张自有其独特的理由,可以不必管他,但在我却有点别的意见。说也惭愧，我对于阶级争斗的正确的界说还不知道，平常总只是望文生义的看过去，但《互助论》却约略翻过，仿佛还能记得他的大意。倘若我那望文生义的解说没有多大错误，那么这与互助似乎并无什么冲突，因为互助实在只是阶级争斗的一种方法。克鲁泡特金自己也承认互助是天演之一因子，并不是唯一的因子，他想证明人生并不专靠生存竞争，也靠互助，其实互助也是生存竞争，平和时是互相扶助，危险时即是协同对敌了。主张互助的以为虎狼不互相食，所以人类也就不可互斗。动物以同类为界，因为同类大抵是同利害的，（争食争偶时算作例外，）但是人的同类不尽是同利害的，所以互助的范围也就缩小，由同类同族而转到同阶级去了。这原是很自然的事情。蔡先生倘若以为异阶级也可互助，且可以由这样的互助而达到共产，我觉得这是太理想的了。世上或者会有像托尔斯泰，有岛武郎这样自动地愿捐弃财产的个人，然而这是为世希有的现象，不能期望全体仿行。日本日向地方的新村纯是共产的生活，但其和平感化的主张我总觉得有点迂远，虽然对于会员个人自由的尊重这一点是极可佩服的。我不知怎的不很相信无政府主义者的那种乐观的性善说。阶级争斗已是千真万确的事实，并不是马克思捏造出来的，正如生存竞争之非达尔文所创始，乃是自有生物以来便已实行着的一样：这一阶级即使不争斗过去，那一阶级早已在争斗过来，这个情形随处都可以看出，不容我们有什么赞成或反对的余地。总之，由我外行人说来，这阶级争斗总是争斗定的了，除非是有一方面是耳口王的聖人，或是那边"财产奉还"，（如日本主张皇室社会主义的人所说，）或是这边愿意舍身给他们吃。这自然都是不可能的，至少在我看来。那么究竟还只是阶级争斗。至于详细的斗法我因为是外行不大知道，但互助总也是其中方法之一。蔡先生是现在中国举世宗仰的人，我不该批评他，但我自信并非与国民党扰乱到底的某系，而是属于蔡先生的"某籍"的，说几句话当无"挑剔风潮"的嫌疑，所以便大胆地把这篇外行而老实的按语发表了。

（十五年二月九日）

# 偶感

## 一

李守常君于四月二十八日被执行死刑了。李君以身殉主义,当然没有什么悔恨,但是在与他有点戚谊乡谊世谊的人总不免感到一种哀痛,特别是关于他的遗族的困穷,如有些报纸上所述,就是不相识的人看了也要悲感。——所可异者,李君据说是要共什么的首领,而其身后萧条乃若此,与毕庶澄马文龙之拥有数十百万者有月鳖之殊,此岂非两间之奇事与哑谜欤?

同处死刑之二十人中还有张挹兰君一人也是我所知道的。在她被捕前半个月,曾来见我过一次,又写一封信来过,叫我为《妇女之友》做篇文章,到女师大的纪念会去演说,现在想起来真是抱歉,因为忙一点的缘故这两件事我都没有办到。她是国民党职员还是共产党员,她有没有该死的罪,这些问题现在可以不谈,但这总是真的,她是已被绞决了,抛弃了她的老母。张君还有两个兄弟,可以侍奉老母,这似乎可以不必多虑,而且,——老母已是高年了,(恕我忍心害理地说一句老实话,)在世之日有限,这个悲痛也不会久担受,况且从洪杨以来老人经过的事情也很多了,知道在中国是什么事都会有的,或者她已有练就的坚忍的精神足以接受这种苦难了罢?

**附记**

我记起两本小说来,一篇是安特来夫的《七个绞犯的故事》,一篇是梭罗古勃的《老屋》。但是虽然记起却并不赶紧拿来看,因为我没有这勇气,有一本书也被人家借去了。

(十六年五月三日)

## 二

报载王静庵君投昆明湖死了。一个人愿意不愿意生活全是他的自由，我们不能加以什么褒贬，虽然我们觉得王君这死在中国幼稚的学术界上是一件极可惜的事。

王君自杀的缘因报上也不明了，只说是什么对于时局的悲观。有人说因为恐怕党军，又说因有朋友们劝他剪辫；这都未必确罢，党军何至于要害他，剪辫更不必以生死争。我想，王君以头脑清晰的学者而去做遗老弄经学，结果是思想的冲突与精神的苦闷，这或者是自杀——至少也是悲观的主因。王君是国学家，但他也研究过西洋学问，知道文学哲学的意义，并不是专做古人的徒弟的，所以在二十年前我们对于他是很有尊敬与希望，不知道怎么一来，王君以一了无关系之"征君"资格而忽然做了遗老，随后还就了"废帝"的师傅之职，一面在学问上也钻到"朴学家"的壳里去，全然抛弃了哲学文学去治经史，这在《静庵文集》与《观堂集林》上可以看出变化来。（譬如《文集》中有论《红楼梦》一文，便可以见他对于软文学之了解，虽在研究思索一方面或者《集林》的论文更为成熟。）在王君这样理知发达的人，不会不发见自己生活的矛盾与工作的偏颇，或者简直这都与他的趣味倾向相反而感到一种苦闷，——是的，只要略有美感的人决不会自己愿留这一支辫发的，徒以情势牵连莫能解脱，终至进退维谷，不能不出于破灭之一途了。一般糊涂卑鄙的遗老，大言辛亥"盗起湖北"，及"不忍见国门"云云，而仍出入京津，且进故宫叩见鹿"司令"为太监说情，此辈全无心肝，始能恬然过其耗子蝗虫之生活，绝非常人所能模仿，而王君不慎，贸然从之，终以身殉，亦可悲矣。语云，其作始也简，其将毕也巨，学者其以此为鉴：治学术艺文者须一依自己的本性，坚持勇往，勿涉及政治的意见而改其趋向，终成为二重的生活，身心分裂，趋于毁灭，是为至要也。

写此文毕，见本日《顺天时报》，称王君为保皇党，云"今夏虑清帝之安危，不堪烦闷，遂自投昆明湖，诚与屈平后先辉映"，读之始而肉麻，继而"发竖"。甚矣日本人之荒谬绝伦也！日本保皇党为欲保持其万世一系故，苦心于中国复辟之鼓吹，以及逆徒遗老之表彰，今以王君有辫之故而引为同志，称其忠荩，亦正是这个用心。虽然，我与王君只见过二三面，我所说的也只是我的想象中的王君，合于事实与否，所不敢信，须待深知王君者之论定；假如王君而信如日本人所说，则我自认错误，此文即拉杂摧烧之可也。

（民国十六年六月四日，旧端阳，于北京。）

## 三

听到自己所认识的青年朋友的横死，而且大都死在所谓最正大的清党运动里，这是一件很可怜的事。青年男女死于革命原是很平常的，里边如有相识的人，也自然觉得可悲，但这正如死在战场一样，实在无可怨恨，因为不能杀敌则为敌所杀是世上的通则，从国民党里被清出而枪毙或斩决的那却是别一回事了。燕大出身的顾陈二君，是我所知道的文字思想上都很好的学生，在闽浙一带为国民党出了好许多力之后，据《燕大周刊》报告，已以左派的名义被杀了。北大的刘君在北京被捕一次，幸得放免，逃到南方去，近见报载上海捕"共党"，看从英文译出的名字恐怕是她，不知吉凶如何。普通总觉得南京与北京有点不同，青年学生跑去不知世故地行动，却终于一样地被祸，有的还从北方逃出去投在网里，令人不能不感到怜悯。至于那南方的杀人者是何心理状态，我们不得而知，只觉得惊异：倘若这是军阀的常态，那么惊异也将消失，大家唯有复归于沉默，于是而沉默遂统一中国南北。

(七月五日于北京)

四

昨夜友人来谈，说起一月前《大公报》上载吴稚晖致汪精卫函，挖苦在江浙被清的人，说什么毫无杀身成仁的模样，都是叩头乞命，毕瑟可怜云云。本来好生恶死人之常情，即使真是如此，也应哀矜勿喜，决不能当作嘲弄的资料，何况事实并不尽然，据友人所知道，在其友处见一马某所寄遗书，文字均甚安详，又从上海得知，北大女生刘尊一被杀，亦极从容，此外我们所不知道的还很多。吴君在南方不但鼓吹杀人，还要摇鼓他的毒舌，侮辱死者，此种残忍行为盖与漆髑髅为饮器无甚差异。有文化的民族，即有仇杀，亦至死而止，若戮辱尸骨，加以后身之恶名，则非极堕落野蛮之人不愿为也。

吴君是十足老中国人，我们在他身上可以看出永乐乾隆的鬼来，于此足见遗传之可怕，而中国与文明之距离也还不知有若干万里。

我听了友人的话不禁有所感触。整一个月以前，有敬仔君从河北寄一封信来，和我讨论吴公问题，我写了一张回信，本想发表，后来听说他们已随总司令而下野，所以也就中止了；现在又找了出来，把上半篇抄在这里：

"我们平常不通世故，轻信众生，及见真形，遂感幻灭，愤恚失望，继以诃责，其实亦大可笑，无非自表其见识之幼稚而已。语云，'少所见，多所怪，见橐驼谓马肿背'，痛哉斯言。愚前见《甲寅》《现代》，以为此辈绅士不应如是，辄'动感情'，加以抨击，后稍省悟，知此正是本相，而吾辈之怪讶为不见世面也。今于吴老先生亦复如此，千年老尾既已显露，吾人何必更加指斥，直趋而过之可矣。……"

我很同情于友人的愤激的话，（但他并不是西什么，替他声明一句，）我也仍信任我信里的冷静的意见，但我总觉得中国这种传统的刻薄卑劣根性是要不得的，特别尤其在这个革命时代。我最佩服克鲁巴金（？）所说的俄国女革命党的态度,她和几个同志怀了炸弹去暗杀俄皇,后来别人的弹先发,亚力山大炸倒在地,她却仍怀了炸弹跑去救助这垂死的伤人,因为此刻在她的眼中他已经不是敌人而是受苦的同类了。(她自己当然被捕,与同志均处死刑了。)但是,这岂是中国人所能懂的么?

(十六年九月)

# 诅咒

《古城周刊》第二期短评里说前此天津要处决几个党案的犯人，轰动了上万的人在行刑地点等候着看热闹，而其主要原因则因为其中有两个是女犯。短评里还引了记者在路上所听见的一段话：

甲问，"你老不是也上上权仙去看出红差吗？"

乙答，"是呀，听说还有两个大娘们啦，看她们光着膀子挨刀真有意思呀。"

这实在足以表出中国民族的十足野蛮堕落的恶根性来了！我常说中国人的天性是最好淫杀，最凶残而又卑怯的。——这个，我不愿外国流氓来冷嘲明骂，我自己却愿承认；我不愿帝国主义者说支那因此应该给他们去分吃，但我承认中国民族是亡有余辜。这实在是一个奴性天成的族类，凶残而卑怯，他们所需要者是压制与被压制，他们只知道奉能杀人及杀人给他们看的强人为主子。我因此觉得孙中山其实迂拙得可以，而口讲三民主义或无产阶级专政以为民众是在我这一边的各派朋友们尤为其愚不可及，——他们所要求于你们的，只有一件事，就是看光着膀子挨刀很有意思！

（十六年九月）

# 新名词

革命家主张文学革命,把改造国语的责任分配给文人,其实他们固然能够造成新文体,至于造出新名词却大半还是新闻家的事,文人的力量并不很大。然而世上的新闻家大抵与教育家相像,都是有点低能的,所以成绩不很高明,有时竟恶俗得讨厌。例如"模特儿"与"明星"这两个字,本是很平常的名词,一个是说人体描写的模型,一个是说艺术界的名人,并不限于电影,而且因了古典文学的 Astèr 的联想,又别有一种优美的意味,但经上海的新闻家一用,全然变了意义,模特儿乃是不穿裤的姑娘,当然不限于 Atelier(美术习作室)里,明星则是影戏的女优,且有点儿恶意了。在我们东邻文明先进国的日本,关于这一点也不曾表示出多大的进步。十七八年前文学上的自然主义这名称,即因道学家的反对而俗化，后来几乎成为野合的代名词，到近来这几年始渐废止。一方面英语译音的新名词忽然盛行，如新式妇女不称 Atarasoiki Onna 而曰 Modan Caalu，殊属恶劣可笑，其他如劳动节之称 Meedee，情书之称 Labuletta 之类，不胜枚举，有一种流行的通俗杂志，其名即为 Kingu，（大抵是说杂志之"王"罢？）此种俗恶名词在社会上的势力可以想见了。有本国语可用而必译音，译又必以英语为唯一正宗，殊不可解；学会英文而思路不通，受了教育而没有教化，日本前车之鉴大可注意。近来东大的藤村博士主张中学废止英文，我极表赞同，虽然这不是治本的办法，但治本须使大家理性发达，则又是一种高远的理想，恐怕没有实现的日子也。

（十六年五月十六日）

## 萨满教的礼教思想

四川督办因为要维持风化,把一个犯奸的学生枪毙,以昭炯戒。

湖南省长因为求雨,半月多不回公馆去,即"不同太太睡觉",如《京副》上某君所说。

弗来则(J. G. Frazer)博士在所著《普须该的工作》(*Psyche's Task*)第三章迷信与两性关系上说,"他们(野蛮人)想像,以为只须举行或者禁戒某种性的行为,他们可以直接地促成鸟兽之繁殖与草木之生长。这些行为与禁戒显然都是迷信的,全然不能得到所希求的效果。这不是宗教的,但是法术的;就是说,他们想达到目的,并不用恳求神灵的方法,却凭了一种错误的物理感应的思想,直接去操纵自然之力。"这便是赵恒惕求雨的心理,虽然照感应魔术的理论讲来,或者该当反其道而行之才对。

同书中又说，"在许多蛮族的心里，无论已结婚或未结婚的人的性的过失，并不单是道德上的罪，只与直接有关的少数人相干；他们以为这将牵涉全族，遇见危险与灾难，因为这会直接地发生一种魔术的影响，或者将间接地引起嫌恶这些行为的神灵之怒。不但如此，他们常以为这些行为将损害一切禾谷瓜果，断绝食粮供给，危及全群的生存。凡在这种迷信盛行的地方，社会的意见和法律惩罚性的犯罪便特别地严酷，不比别的文明的民族，把这些过失当作私事而非公事，当作道德的罪而非法律的罪，于个人终生的幸福上或有影响，而并不会累及社会全体的一时的安全。倒过来说，凡在社会极端严厉地惩罚亲属奸，既婚奸，未婚奸的地方，我们可以推测这种办法的动机是在于迷信；易言之，凡是一个部落或民族，不肯让受害者自己来罚这些过失，却由社会特别严重地处罪，其理由大抵由于相信性的犯罪足以扰乱天行，危及全群，所以全群为自卫起见不得不切实地抵抗，在必要时非除灭这犯罪者不可。"这便是杨森维持风化的心理。固然，捉奸的愉快也与妒忌心有关，但是极小的一部分罢了，因为合法的卖淫与强奸社会上原是许可的,所以普通维持风化的原因多由于怕这神秘的"了不得"——仿佛可以译作多岛海的"太步"。

中国据说以礼教立国,是崇奉至圣先师的儒教国,然而实际上国民的思想全是萨满教的(Shamanistic,比称道教的更确)。中国决不是无宗教国,虽然国民的思想里法术的分子比宗教的要多得多。讲礼教者所喜说的风化一语,我就觉得很是神秘,含有极大的超自然的意义,这显然是萨满教的一种术语。最讲礼教的川湘督长的思想完全是野蛮的,既如上述,京城里"君师主义"的诸位又如何呢?不必说,都是一窟窿的狸子啦。他们的思想总不出两性的交涉,而且以为在这一交涉里,宇宙之存亡,日月之盈昃,家国之安危,人民之生死,皆系焉。只要女学生斋戒——一个月,我们姑且说,便风化可完而中国可保矣,否则七七四十九之内必将陆沉。这不是野蛮的萨满教思想是什么?我相信要了解中国须得研究礼教,而要了解礼教更非从萨满教入手不可。

(十四年九月二日)

# 寻路的人

**赠徐玉诺君**

我是寻路的人。我日日走着路寻路,终于还未知道这路的方向。

现在才知道了:在悲哀中挣扎着正是自然之路,这是与一切生物共同的路,不过我们意识着罢了。

路的终点是死,我们便挣扎着往那里去,也便是到那里以前不得不挣扎着。

我曾在西四牌楼看见一辆汽车载了一个强盗往天桥去处决,我心里想,这太残酷了,为什么不照例用敞车送的呢?为什么不使他缓缓的看沿路的景色,听人家的谈论,走过应走的路程,再到应到的地点,却一阵风的把他送走了呢?这真是太残酷了。

我们谁不坐在敞车上走着呢？有的以为是往天国去，正在歌笑；有的以为是下地狱去，正在悲哭；有的醉了，睡了。我们——只想缓缓的走着，看沿路的景色，听人家谈论，尽量的享受这些应得的苦和乐；至于路线如何，或是由西四牌楼往南，或是由东单牌楼往北，那有什么关系？

玉诺是于悲哀深有阅历的，这一回他的村寨被土匪攻破，只有他的父亲在外边，此外的人都还没有消息。他说，他现在没有泪了。——你也已经寻到了你的路了罢。

他的似乎微笑的脸，最令我记忆，这真是永远的旅人的颜色。我们应当是最大的乐天家，因为再没有什么悲观和失望了。

（一九二三年七月三十日）

# 我学国文的经验

我到现在做起国文教员来,这实在在我自己也觉得有点古怪的,因为我不但不曾研究过国文,并且也没有好好地学过。平常做教员的总不外这两种办法,或是把自己的赅博的学识倾倒出来,或是把经验有得的方法传授给学生,但是我于这两者都有点够不上。我于怎样学国文的上面就压根儿没有经验,我所有的经验是如此的不规则,不足为训的,这种经验在实际上是误人不浅,不过当作故事讲也有点意思,似乎略有浪漫的趣味,所以就写他出来,送给《孔德月刊》的编辑,聊以塞责:收稿的期限已到,只有这一天了,真正连想另找一个题目的工夫都没有了,下回要写,非得早早动手不可,要紧要紧。

乡间的规矩,小孩到了六岁要去上学,我大约也是这时候上学的。是日，上午，衣冠，提一腰鼓式的灯笼，上书"状元及第"等字样，挂生葱一根，意取"聪明"之兆，拜"孔夫子"而上课，先生必须是秀才以上，功课则口授《鉴略》起首两句，并对一课，曰"元"对"相"，即放学。此乃一种仪式，至于正式读书，则迟一二年不等。我自己是那一年起头读的，已经记不清了，只记得从过的先生都是本家，最早的一个号叫花塍，是老秀才，他是吸雅片烟的，终日躺在榻上，我无论如何总记不起他的站立着的印象。第二个号子京，做的怪文章，有一句试帖诗云，"梅开泥欲死"，很是神秘，后来终以疯狂自杀了。第三个的名字可以不说，他是以杀尽革命党为职志的，言行暴厉的人，光复的那年，他在街上走，听得人家奔走叫喊"革命党进城了！"立刻脚软了，再也站不起来，经街坊抬他回去；以前应考，出榜时见自己的前一号（坐号）的人录取了，（他自己自然是没有取，）就大怒，回家把院子里的一株小桂花都拔了起来。但是从这三位先生我都没有学到什么东西，到了十一岁时往三味书屋去附读，那才是正式读书的起头。所读的书我还清清楚楚地记得，是一本"上中"，即《中庸》的上半本，大约从"无忧者其惟文王乎"左近读起。书房里的功课是上午背书上书，读生书六十遍，写字；下午读书六十遍，傍晚不对课，讲唐诗一首。老实说，这位先生的教法倒是很宽容的，对学生也颇有理解，我在书房三年，没有被打过或罚跪。这样，我到十三岁的年底，读完了《论》《孟》《诗》《易》及《书经》的一部分。"经"可以算读得也不少了，虽然也不能算多，但是我总不会写，也看不懂书，至于礼教的精义尤其茫然，干脆一句话，以前所读之经于我毫无益处，后来的能够略写文字及养成一种道德观念，乃是全从别的方面来的。因此我觉得那些主张读经救国的人真是无谓极了，我自己就读过好几经，(《礼记》《春秋左传》是自己读的，也大略读过，虽然现在全忘了，)总之就是这么一回事，毫无用处，也不见得有损，或者只耗废若干的光阴罢了。恰好十四岁时往杭州去，不再进书房，只在祖父旁边学做八股文试帖诗，平日除规定看《纲鉴易知录》，抄《诗韵》以外，可以随意看闲书，因为祖父是不禁小孩看小说的。他是个翰林，脾气又颇乖戾，但是对于教育却有特别的意见：他很奖励小孩看小说，以为这能使人思路通顺，有时高兴便同我讲起《西游记》来，孙行者怎么调皮，猪八戒怎样老实，——别的小说他也不非难，但最称赏的却是这《西游记》。晚年回到家里，还是这样，常在聚族而居的堂前坐着对人谈讲，尤其是喜欢找他的一位堂弟（年纪也将近六十了罢）特别反复地讲"猪八戒"，仿佛有什么讽刺的寓意似的，以致那位听者轻易不敢出来，要出门的时候必须先窥探一下，如没有人在那里等他去讲猪八戒，他才敢一溜烟地溜出门去。我那时便读了不少的小说，好的坏的都有，看纸上的文字而懂得文字所表现的意思，这是从此刻才起首的。由《儒林外史》,《西游记》等渐至《三国演义》，转到《聊斋志异》，这是从白话转到文言的径路。教我懂文言，并略知文言的趣味者，实在是这《聊斋》,并非什么经书或是《古文析义》之流。《聊斋志异》之后，自然是那些《夜谭随录》等的假《聊斋》，一变而转入《阅微草堂笔记》,这样，旧派文言小说的两派都已入门，便自然而然地跑到唐代丛书里边去了。不久而"庚子"来了。到第二年，祖父觉得我的正途功名已经绝望，照例须得去学幕或是经商，但是我都不愿，所以只好"投笔从戎"，去进江南水师学堂。这本是养成海军士官的学校，于国文一途很少缘分，但是因为总办方硕辅观察是很重国粹的，所以入学试验颇是严重，我还记得国文试题是"云从龙风从虎论"，复试是"虽百世可知也论"。入校以后，一礼拜内五天是上洋文班，包括英文科学等，一天是汉文，一日的功课是，早上打靶，上午八时至十二时为两堂，十时后休息十分钟，午饭后体操或升桅，下午一时至四时又是一堂，下课后兵操。在上汉文班时也是如此，不过不坐在洋式的而在中国式的讲堂罢了，功课是上午作论一篇，余下来的工夫便让你自由看书，程度较低的则作论外还要读《左传》或《古文辞类纂》。在这个状况之下，就是并非预言家也可以知道国文是不会有进益的了。不过时运真好，我们正苦枯寂，没有小说消遣的时候，翻译界正逐渐兴旺起来，严几道的《天演论》，林琴南的《茶花女》，梁任公的《十五小豪杰》，可以说是三派的代表。我那时的国文时间实际上便都用在看这些东西上面，而三者之中尤其是以林译小说为最喜看，从《茶花女》起，至《黑太子南征录》止，这其间所出的小说几乎没有一册不买来读过。这一方面引我到西洋文学里去，一方面又使我渐渐觉到文言的趣味,虽林琴南的礼教气与反动的态度终是很可嫌恶,他的拟古的文章也时时成为恶札,容易教坏青年。我在南京的五年,简直除了读新小说以外别无什么可以说是国文的修养。一九〇六年南京的督练公所派我与吴周二君往日本改习建筑,与国文更是疏远了,虽然曾经忽发奇想地到民报社去听章太炎讲过两年"小学"。总结起来,我的国文的经验便只是这一点,从这里边也找不出什么学习的方法与过程,可以供别人的参考,除了这一个事实,便是我的国文都是从看小说来的,倘若看几本普通的文言书,写一点平易的文章,也可以说是有了运用国文的能力。现在轮到我教学生去理解国文,这可使我有点为难,因为我没有被教过这是怎样地理解的,怎么能去教人。如非教不可,那么我只好对他们说,请多看书。小说,曲,诗词,文,各种;新的,古的,文言,白话,本国,外国,各种;还有一层,好的,坏的,各种,都不可以不看,不然便不能知道文学与人生的全体,不能磨炼出一种精纯的趣味来。自然,这不要成为乱读,须得有人给他做指导顾问,其次要别方面的学问知识比例地增进,逐渐养成一个健全的人生观。

写了之后重看一遍，觉得上面所说的话平庸极了，真是"老生常谈"，好像是笑话里所说，卖必效的臭虫药的，一重一重的用纸封好，最后的一重里放着一张纸片，上面只有两字曰"勤捉"。但是除灭臭虫本来除了勤捉之外别无好法子，所以我这个方法或者倒真是理解文章的趣味之必效法也未可知哩。

（一九二六年九月三十日，于北京。）

## 日本与中国

中国在他独殊的地位上特别有了解日本的必要与可能，但事实上却并不然，大家都轻蔑日本文化，以为古代是模仿中国，现代是模仿西洋的，不值得一看。日本古今的文化诚然是取材于中国与西洋，却经过一番调剂，成为他自己的东西，正如罗马文明之出于希腊而自成一家，（或者日本的成功还过于罗马，）所以我们尽可以说日本自有他的文明，在艺术与生活方面更为显著，虽然没有什么哲学思想。我们中国除了把他当作一种民族文明去公平地研究之外，还当特别注意，因为他有许多地方足以供我们研究本国古今文化之参考。从实利这一点说来，日本文化也是中国人现今所不可忽略的一种研究。

日本与中国交通最早，有许多中国的古文化——五代以前的文化的遗迹留存在那里，是我们最好的参考。

明了的例如日本汉字的音读里可以考见中国汉唐南北古音的变迁，很有益于文字学之研究，在朝鲜语里也有同样用处，不过尚少有人注意。据前年田边尚雄氏介绍，唐代乐器尚存在正仓院，所传音乐虽经过日本化，大抵足以考见唐乐的概略。中国戏剧源流尚未查明，王国维氏虽著有《宋元戏曲史》，只是历史的考据，没有具体的叙述，所以元代及以前的演剧情形终于不能了然。日本戏曲发达过程大旨与中国不甚相远，唯现行旧剧自歌舞伎演化而来，其出自"杂剧"的本流则因特别的政治及宗教关系，至某一时期而中止变化，至今垂五百年仍保守其当时的技艺；这种"能乐"在日本是一种特殊的艺术，在中国看来更是有意味的东西，因为我们不妨推测这是元曲以前的演剧，在中国久已消灭，却还保存在海外。虽然因为当时盛行的佛教思想以及固有的艺术性的缘故多少使它成为国民的文学，但这日本近古的"能"与"狂言"（悲剧与喜剧）总可以说是中国古代戏剧的兄弟，我们能够从这里边看出许多相同的面影，正如今人凭了罗马作品得以想见希腊散佚的喜剧的情形，是极可感谢的事。以上是从旧的方面讲，再来看新的，如日本新文学，也足以供我们不少的帮助。日本旧文化的背景前半是唐代式的，后半是宋代式的，到了现代又受到欧洲的影响，这个情形正与现代中国相似，所以他的新文学发达的历史也和中国仿佛，所以不同者只是动手得早，进步得快。因此，我们翻看明治文学史，不禁恍然若失，如见一幅幅的推背图，预示中国将来三十年的文坛的运势。白话文，译书体文，新诗，文艺思想的流派，小说与通俗小说，新旧剧的混合与划分，种种过去的史迹，都是在我们眼前滚来滚去的火热的问题，——不过，新旧名流绅士捧着一只甲寅跳着玩那政治的文艺复古运动，却是没有，这乃是我们汉族特有的好把戏。我想我们如能把日本过去四十年的文学变迁的大略翻阅一遍，于我们了解许多问题上定有许多好处；我并不是说中国新文学的发达要看日本的样，我只是照事实说，在近二十五年所走的路差不多与日本一样，到了现今刚才走到明治三十年（1897）左右的样子，虽然我们自己以为中华民国的新文学已经是到了黄金时代了。日本替我们保存好些古代的文化，又替我们去试验新兴的文化，都足以资我们的利用，但是我们对于自己的阘茸堕落也就应该更深深的感到了。

中国与日本并不是什么同种同文，但是因为文化交通的缘故，思想到底容易了解些，文字也容易学些，（虽然我又觉得日本文中夹着汉字是使中国人不能深彻地了解日本的一个障害，）所以我们要研究日本便比西洋人便利得多。西洋人看东洋总是有点浪漫的，他们的诋毁与赞叹都不甚可靠，这仿佛是对于一种热带植物的失望与满意，没有什么清白的理解，有名如小泉八云也还不免有点如此。中国人论理应当要好一点，但事实上还没有证明，这未必是中国人无此能力，我想大抵是还有别的原因。中国人原有一种自大心，不很适宜于研究外国的文化，少数的人能够把它抑制住，略为平心静气的观察，但是到了自尊心受了伤的时候，也就不能再冷静了。自大固然不好，自尊却是对的，别人也应当谅解它，但是日本对于中国这一点便很不经意。我并不以为别国侮蔑我，我便不研究他的文化以为报，我觉得在人情上讲来，一国民的侮蔑态度于别国人理解他的文化上面总是一个极大障害，虽然超绝感情纯粹为研究而研究的人或者也不是绝无。

中日间外交关系我们姑且不说，在别的方面他给我们不愉快的印象也已太多了。日本人来到中国的多是浪人与支那通。他们全不了解中国，只皮相的观察一点旧社会的情形，学会吟诗步韵，打恭作揖，叉麻雀打茶围等技艺，便以为完全知道中国了，其实他不过传染了些中国恶习，平空添了个坏中国人罢了。别一种人把中国看作日本的领土，他是到殖民地来做主人翁，来对土人发挥祖传的武士道的，于是把在本国社会里不能施展的野性尽量发露，在北京的日本商民中尽多这样乱暴的人物，别处可想而知。两三年前木村庄八君来游中国时，曾对我说，日本殖民于辽东及各地，结果是搬运许多内地人来到中国，养成他们为肆无忌惮的，无道德无信义的东西，不复更适宜于本国社会，如不是自己被淘汰，便是把社会毁坏；所以日本努力移植，实乃每年牺牲许多人民，为日本计是极有害的事，至于放这许多坏人在中国，其为害于中国更不待言了。这一番话我觉得很有意思。还有一件，损人而未必利己的是在中国各处设立妖言惑众汉字新闻，如北京的《顺天时报》等。凡关于日本的事件他要宣传辩解，或者还是情有可原，但就是中国的事他也要颠倒黑白，如溥仪出宫事件，章士钊事件，《顺天时报》也发表许多暴论，——虽然中国的士流也发表同样的议论，而且更有利用此等报纸者，尤为丧心病狂。总之日本的汉字新闻的主张无一不与我辈正相反，我们觉得于中国有利的事他们无不反对，而有害于中国者则鼓吹不遗余力，据普通的看法日本是中国的世仇，他们的这种主张是当然的也未可知，（所奇者是中国当局与士流多与他们有同一的意见，）我们不怪他这样的想，只是在我们眼前拿汉文来写给我们看，那是我们所不可忍的，日本如真是对于中国有万分一的好意，我觉得像《顺天时报》那样的报纸便应第一着自动地废止。我并不想提倡中日国民亲善及同样的好听话，我以为这是不可能的，但为彼此能够略相理解，特别希望中国能够注意于日本文化的缘故，我觉得中日两方面均非有一种觉悟与改悔不可。照现在这样下去，国内周游着支那通与浪人，眼前飘飏着《顺天时报》，我怕为东方学术计是不大好的，因为那时大家对于日本只有两种态度：不是亲日的奴厮便是排日的走卒，这其间更没有容许第三的取研究态度的独立派存在的余地。

（民国十四年十月三日）

# 夏夜梦

## 序 言

乡间以季候定梦的价值，俗语云春梦如狗屁，言其毫无价值也。冬天的梦较为确实，但以"冬夜"（冬至的前夜）的为最可靠。夏秋梦的价值，大约只在有若无之间罢了。佛书里说，"梦有四种，一四大不和梦，二先见梦，三天人梦，四想梦。"后两种真实，前两种虚而不实。我现在所记的，既然不是天人示现的天人梦或预告福德罪障的想梦，却又并非"或昼日见夜则梦见"的先见梦，当然只是四大不和梦的一种，俗语所谓"乱梦颠倒"。大凡一切颠倒的事，都足以引人注意，有纪录的价值，譬如中国现在报纸上所记的政治或社会的要闻，那一件不是颠倒而又颠倒的么？所以我也援例，将夏夜的乱梦随便记了下来。但既然是颠倒了,虚而不实了,其中自然不会含着什么奥义,不劳再请"太人"去占;反正是占不出什么来的。——其实要占呢,也总胡乱的可以做出一种解说,不过这占出来的休咎如何,我是不负责任的罢了。

## 一　统一局

仿佛是地安门外模样。西边墙上贴着一张告示,拥挤着许多人,都仰着头在那里细心的看,有几个还各自高声念着。我心里迷惑,这些人都是车夫么?其中夹着老人和女子,当然不是车夫了;但大家一样的在衣服上罩着一件背心,正中缀了一个圆图,写着中西两种的号码。正纳闷间,听得旁边一个人喃喃的念道,

"……目下收入充足,人民军等应该加餐,自出示之日起,不问女男幼老,应每日领米二斤,麦二斤,猪羊牛肉各一斤,马铃薯三斤,油盐准此,不得折减,违者依例治罪。

饮食统一局长三九二七鞠躬"

这个办法，写的很是清楚，但既不是平粜，又不是赈饥，心里觉得非常胡涂。只听得一个女人对着一个老头子说道，

"三六八（仿佛是这样的一个数目）叔，你老人家胃口倒还好么？"

"六八二——不，六八八二妹，那里还行呢！以前已经很勉强了，现今又添了两斤肉，和些什么，实在再也吃不下，只好拼出治罪罢了。"

"是呵，我怕的是吃土豆，每天吃这个，心里很腻的，但是又怎么好不吃呢。"

"有一回，还是只发一斤米的时候，规定凡六十岁以上的人应该安坐，无故不得直立，以示优待。我坐得不耐烦了，暂时立起，恰巧被稽查看见了，拉到平等厅去判了三天的禁锢。"

"那么，你今天怎么能够走出来的呢？"

"我有执照在这里呢。这是从行坐统一局里领来的，许可一日间不必遵照安坐条律办理。"

我听了这些莫名其妙的话，心想上前去打听一个仔细，那老人却已经看见了我，慌忙走来，向我的背上一看，

叫道，

"爱克司兄，你为什么还没有注册呢？"

我不知道什么要注册，刚待反问的时候，突然有人在耳边叫道，

"干么不注册！"一个大汉手中拿着一张名片，上面写道"姓名统一局长一二三"，正立在我的面前。我大吃一惊，回过身来撒腿便跑，不到一刻便跑的很远了。

## 二　长毛

我站在故乡老屋的小院子里。院子的地是用长方的石板铺成的；坐北朝南是两间"蓝门"的屋，子京叔公常常在这里抄《子史辑要》，——也在这里发疯；西首一间侧屋，屋后是杨家的园，长着许多淡竹和一棵棕榈。

这是"长毛时候"。大家都已逃走了，但我却并不逃，只是立在蓝门前面的小院子里，腰间仿佛挂着一把很长的长剑。当初以为只有自己一个人，随后却见在院子里还有一个别人，便是在我们家里做过长年的得法，——或者叫做得寿也未可知。他同平常夏天一样，赤着身子，

只穿了一条短裤,那猪八戒似的脸微微向下。我不曾问他,他也不说什么,只是忧郁的却很从容自在的站着。

大约是下午六七点钟的光景。他并不抬起头来,只喃喃的说道,

"来了。"

我也觉得似乎来了,便见一个长毛走进来了。所谓长毛是怎样的人我并不看见,不过直觉他是个长毛,大约是一个穿短衣而拿一把板刀的人。这时候,我不自觉的已经在侧屋里边了;从花墙后望出去,却见得法(或得寿)已经恭恭敬敬的跪在地上,反背着手,专等着长毛去杀他了。以后的景致有点模胡了,仿佛是影戏的中断了一下,推想起来似乎是我赶出去,把长毛杀了。得法听得噗通的一颗头落地的声音,慢慢的抬起头来一看,才知道杀掉的不是自己,却是那个长毛,于是从容的立起,从容的走出去了。在他的迟钝的眼睛里并不表示感谢,也没有什么惊诧,但是因了我的多事,使他多要麻烦,这一种烦厌的神情却很明显的可以看出来了。

## 三　诗人

我觉得自己是一个诗人，（当然是在梦中，）在街上走着搜寻诗料。

我在护国寺街向东走去，看见从对面来了一口棺材。这是一口白皮的空棺，装在人力车上面，一个人拉着，慢慢的走。车的右边跟着一个女人，手里抱着一个一岁以内的孩子。她穿着重孝，但是身上的白衣和头上的白布都是很旧而且脏，似乎已经穿了一个多月了。她一面走，一面和车夫说着话，一点都看不出悲哀的样子。——她的悲哀大约被苦辛所冻住，所遮盖了罢。我想像死者是什么人，生者是什么人，以及死者和生者的过去，正抽出铅笔想写下来，他们却已经完全不见了。

这回是在西四北大街的马路上了。夜里骤雨初过，大路洗的很是清洁，石子都一颗颗的突出，两边的泥路却烂的像泥塘一般。东边路旁有三四个人立着呆看，我也近前一望，原来是一匹死马躺在那里。大车早已走了，撇下这马，头朝着南脚向着东的摊在路旁。这大约也只是一匹平常的马,但躺在那里,看去似乎很是瘦小,从泥路中间拖开的时候又翻了转面,所以他上边的面孔肚子和前后腿都是湿而且黑的沾着一面的污泥。他那胸腹已经不再掀动了,但是喉间还是咻咻的一声声的作响,不过这已经不是活物的声音,只是如风过破纸窗似的一种无生的音响而已。我忽然想到俄国息契特林的讲马的一生的故事《柯虐伽》,拿出笔来在笔记簿上刚写下去,一切又都不见了。

有了诗料,却做不成诗,觉得非常懊恼,但也侥幸因此便从梦中惊醒过来了。

## 四 狒狒之出笼

在著名的杂志《宇宙之心》上,发现了一篇惊人的议论,篇名叫做《狒狒之出笼》。大意说在毛人的时代,人类依恃了暴力,捕捉了许多同族的狒狒猩猩和大小猿猴,锁上铁链,关在铁笼里,强迫去作苦工。这些狒狒们当初也曾反抗过,但是终抵不过皮鞭和饥饿的力量,归结只得听从,做了毛人的奴隶。过了不知多少千年,彼此的皮毛都已脱去，看不出什么分别，铁链与笼也不用了，但是奴隶根性已经养成，便永远的成了一种精神的奴族。其实在血统上早已混合，不能分出阶级来了，不过他们心里有一种运命的阶级观，譬如见了人己的不平等，便安慰自己道，"他一定是毛人。我当然是一个狒狒，那是应该安分一点的。"因为这个缘故，彼此相安无事，据他们评论，道德之高足为世界的模范。……但是不幸据专门学者的考察，这个理想的制度已经渐就破坏，狒狒将要扭开习惯的锁索，出笼来了。出笼来的结果怎样，那学者不曾说明，他不过对于大家先给一个警告罢了。

这个警告出来以后，社会上顿时大起恐慌。大家——凡自以为不是狒狒的人们，——两个一堆，三个一攒的在那里讨论，想找出一个万全的对付策。他们的意见大约可以分作这三大派。

一，是反动派。他们主张恢复毛人时代的制度，命令各工厂"漏夜赶造"铁链铁笼，把所有的狒狒阶级拘禁起来，其正在赶造铁链等者准与最后拘禁。

二，是开明派。他们主张教育狒狒阶级，帮助他们去求解放，即使不幸而至于决裂，他们既然有了教育，也可以不会有什么大恐怖出现了。

三，是经验派。他们以为反动派与开明派都是庸人自扰，狒狒是不会出笼的。加在身上的锁索，一经拿去，人便可得自由；加在心上的无形的锁索的拘系，至少是终身的了，其解放之难与加上的时间之久为正比例。他们以经验为本，所以得这个名称，若从反动派的观点看去可以说是乐观派，在开明派这边又是悲观派了。

以上三派的意见，各有信徒，在新闻杂志上大加鼓吹，将来结果如何，还不能知道。反动派的主张固然太是横暴，而且在实际上也来不及；开明派的意见原要高明得多，但是在这一点上，也是一样的来不及了。因为那些自承为狒狒阶级的人虽没有阶级争斗的意思，却很有一种阶级意识；他们自认是一个狒狒，觉得是卑贱的，却同时仿佛又颇尊贵。所以他们不能忍受别人说话，提起他们的不幸和委屈，即使是十分同情的说，他们也必然暴怒，对于说话的人漫骂或匿名的揭帖，以为这人是侵犯了他们的威严了。而且他们又不大懂得说话的意思，尤其是讽刺的话，他们认真的相信，得到相反的结果，气哄哄的争闹。从这些地方看来，那开明派的想借文字言语企图心的革命的运动,一时也就没有把握了。

狒狒倘若真是出笼,这两种计画都是来不及的。——那么经验派的不出笼说是唯一的正确的意见么?我不能知道,须等去问"时间"先生才能分解。

这是那一国的事情,我醒来已经忘了,不过总不是出在我们震旦,特地声明一句。

## 五　汤饼会

是大户人家的厅堂里,正在开汤饼会哩。

厅堂两旁,男左女右的坐满了盛装的宾客。中间仿佛是公堂模样,放着一顶公案桌,正面坐着少年夫妻,正是小儿的双亲。案旁有十六个人分作两班相对站着,衣冠整肃,状貌威严,胸前各挂一条黄绸,上写两个大字道,"证人"。左边上首的一个人从桌上拿起一张文凭似的金边的白纸,高声念道,

"维一四天下,南瞻部洲,礼义之邦,摩诃莋罗利达国,大道德主某家降生男子某者,本属游魂,分为异物。披萝带荔,足御风寒;饮露餐霞,无须烟火。友蟋蛄而

长啸，赏心无异于闻歌；附萤火以夜游，行乐岂殊于秉烛。幽冥幸福，亦云至矣。尔乃罔知满足，肆意贪求：却夜台之幽静而慕尘世之纷纭，舍金刚之永生而就石火之暂寄。即此颛愚，已足怜悯；况复缘兹一念，祸及无辜，累尔双亲，铸成大错，岂不更堪叹恨哉。原夫大道德主某者，华年月貌，群称神仙中人，而古井秋霜，实受圣贤之戒，以故双飞蛱蝶，既未足喻其和谐，一片冰心，亦未能比其高洁也。乃缘某刻意受生，妄肆蛊惑，以致清芬犹在，白莲已失其花光，绿叶已繁，红杏倏成为母树。十月之危惧，三年之苦辛；一身濒于死亡，百乐悉以捐弃。所牺牲者既大，所耗费者尤多：就傅取妻，饮食衣被，初无储积，而擅自取携；猥云人子，实唯马蛭，言念及此，能不慨然。呜呼，使生汝而为父母之意志，则尔应感罔极之恩；使生汝而非父母之意志，则尔应负弥天之罪矣。今尔知恩乎，尔知罪乎？尔知罪矣，则当自觉悟，勉图报称，冀能忏除无尽之罪于万一。尔应自知，自尔受生以至复归夜台，尽此一生，尔实为父母之所有，以尔为父母之罪人，即为父母之俘囚，此尔应得之罪也。尔其谨守下方之律令，勉为孝子，余等实有厚望焉。

计开

一，承认子女降生纯系个人意志，应由自己负完全责任，与父母无涉。

二，承认子女对于父母应负完全责任，并赔偿损失。

三，准第二条，承认子女为父母之所有物。

四，承认父母对于子女可以自由处置：

　　甲，随意处刑。

　　乙，随时变卖或赠与。

　　丙，制造成谬种及低能者。

五，承认本人之妻子等附属物间接为父母的所有物。

六，以感谢与满足承认上列律令。"

那人将这篇桐选合璧的文章念了，接着便是年月和那"游魂"——现在已经投胎为小儿了——的名字，于是右边上首的人恭恭敬敬的走下去，捉住抱在乳母怀里的小儿的两手，将他的大拇指揿在印色盒里，再把他们按在纸上署名的下面。以后是那十六个证人各着花押，有一两个写的是"一片中心"和"一本万利"的符咒似的文字，其余大半只押一个十字，也有画圆圈的，却画得很圆，并没有什么规角。末一人画圈才了，院子里便惊天动地的放起大小炮竹来,在这声响中间,听得有人大声叫道,"礼——毕!"于是这礼就毕了。

这天晚上,我正看着英国巴特勒的小说《虚无乡游记》,或者因此引起我这个妖梦,也未可知。

## 六 初恋

那时我十四岁,她大约是十三岁罢。我跟着祖父的妾宋姨太太寄寓在杭州的花牌楼,间壁住着一家姚姓,她便是那家的女儿。伊本姓杨,住在清波门头,大约因为行三,人家都称她作三姑娘。姚家老夫妇没有子女,便认她做干女儿,一个月里有二十多天住在他们家里,宋姨太太和远邻的羊肉店石家的媳妇虽然很说得来,与姚宅的老妇却感情很坏,彼此都不交口,但是三姑娘并不管这些事,仍旧推进门来游嬉。她大抵先到楼上去,同宋姨太太搭讪一回,随后走下楼来,站在我同仆人阮升公用的一张板棹旁边,抱着名叫"三花"的一只大猫,看我映写陆润庠的木刻的字帖。

我不曾和她谈过一句话,也不曾仔细的看过她的面貌与姿态。大约我在那时已经很是近视，但是还有一层缘故，虽然非意识的对于她很是感到亲近，一面却似乎为她的光辉所掩，开不起眼来去端详她了。在此刻回想起来，仿佛是一个尖面庞，乌眼睛，瘦小身材，而且有尖小的脚的少女，并没有什么殊胜的地方，但在我的性的生活里总是第一个人，使我于自己以外感到对于别人的爱着，引起我没有明了的性的概念的对于异性的恋慕的第一个人了。

我在那时候当然是"丑小鸭"，自己也是知道的，但是终不以此而减灭我的热情。每逢她抱着猫来看我写字，我便不自觉的振作起来，用了平常所无的努力去映写，感着一种无所希求的迷蒙的喜乐。并不问她是否爱我，或者也还不知道自己是爱着她，总之对于她的存在感到亲近喜悦，并且愿为她有所尽力，这是当时实在的心情，也是她所给我的赐物了。在她是怎样不能知道，自己的情绪大约只是淡淡的一种恋慕，始终没有想到男女夫妇的问题。有一天晚上，宋姨太太忽然又发表对于姚姓的憎恨，末了说道，

"阿三那小东西，也不是好东西，将来总要流落到拱

辰桥去做婊子的。"

我不很明白做婊子这些是什么事情,但当时听了心里想道,

"她如果真是流落做了婊子,我必定去救她出来。"

大半年的光阴这样的消费过去了。到了七八月里因为母亲生病,我便离开杭州回家去了。一个月以后,阮升告假回去,顺便到我家里,说起花牌楼的事情,说道,

"杨家的三姑娘患霍乱死了。"

我那时也很觉得不快,想像她的悲惨的死相,但同时却又似乎很是安静,仿佛心里有一块大石头已经放下了。

(十年九月)

# 永日集

## 《燕知草》跋

小时候读书不知有序,每部书总从目录后面第一页看起。后来年纪稍长,读外国书知道索引之必要与导言之有益,对于中国的序跋也感到兴趣。桐城派的文章固然无聊,只要他说得出道理来,那也就值得看,譬如吴挚甫的《天演论》序与林琴南的"哈氏丛书"诸序,虽然有好些谬语,却是颇有意思。因为我喜欢读序,所以也就有点喜欢写序;不过,序实在不好做,于是改而写跋。

做序是批评的工作,他须得切要地抓住了这书和人的特点,在不过分的夸扬里明显地表现出来,这才算是成功,跋则只是整个读过之后随感地写出一点印象,所以较为容易了。但是话虽如此,我却恐怕连这个也弄不好。平伯的这些文章,我都是一篇篇地读过的,大部分还是原稿,只有三两篇是从印本上看来,可是现在回想整个的印象，实在有点儿迷糊了。我觉得里边的文字都是写杭州的，这个证以佩弦的序言可以知道是不错。可惜我与杭州没有很深的情分，十四五岁曾经住过两个年头，虽然因了幼稚的心的感动，提起塔儿头与清波门都还感到一种亲近，本来很是嫌憎的杭州话也并不觉得怎么讨厌，但那时环境总是太暗淡了，后来想起时常是从花牌楼到杭州府的一条路，发现自己在这中间，一个身服父亲的重丧的小孩隔日去探望在监的祖父。我每想到杭州，常不免感到些忧郁。但是，我总还是颇有乡曲之见的人，对于浙江的事物很有点好奇心，特别是杭州——我所不愿多想的杭州的我所不知道的事情，却很愿意听，有如听人家说失却的情人的行踪与近状，能够得到一种寂寞的悦乐。《燕知草》对于我理应有此一种给予，然而平伯所写的杭州还是平伯多而杭州少，所以就是由我看来也仍充满着温暖的色彩与空气。

我平常称平伯为近来的一派新散文的代表，是最有文学意味的一种，这类文章在《燕知草》中特别地多。我也看见有些纯粹口语体的文章，在受过新式中学教育的学生手里写得很是细腻流丽，觉得有造成新文体的可能，使小说戏剧有一种新发展，但是在论文——不，或者不如说小品文，不专说理叙事而以抒情分子为主的，有人称他为"絮语"过的那种散文上，我想必须有涩味与简单味，这才耐读，所以他的文词还得变化一点。以口语为基本，再加上欧化语，古文，方言等分子，杂揉调和，适宜地或吝啬地安排起来，有知识与趣味的两重的统制，才可以造出有雅致的俗语文来。我说雅，这只是说自然，大方的风度，并不要禁忌什么字句，或者装出乡绅的架子。平伯的文章便多有这些雅致，这又就是他近于明朝人的地方。不过我们要知道，明朝的名士的文艺诚然是多有隐遁的色彩，但根本却是反抗的，有些人终于做了忠臣，如王谑庵到覆马士英的时候便有"会稽乃报仇雪耻之乡，非藏垢纳污之地"的话，大多数的真正文人的反礼教的态度也很显然，这个统系我相信到了李笠翁袁子才还没有全绝，虽然他们已都变成了清客了。中国新散文的源流我看是公安派与英国的小品文两者所合成，而现在中国情形又似乎正是明季的样子，手拿不动竹竿的文人只好避难到艺术世界里去，这原是无足怪的。我常想，文学即是不革命，能革命就不必需要文学及其他种种艺术或宗教，因为他已有了他的世界了；接着吻的嘴不再要唱歌，这理由正是一致。但是，假如征服了政治的世界，而在别的方面还有不满，那么当然还有要到艺术世界里去的时候，拿破仑在军营中带着《维特的烦恼》可以算作一例。文学所以虽是不革命，却很有他的存在的权利与必要。——从《燕知草》说到明朝，又从明朝说到革命，这个野马跑得太远了，实在我只想说明，文学是不革命，然而原来是反抗的：这在明朝小品文是如此，在现代的新散文亦是如此。平伯这部小集是现今散文一派的代表，可以与张宗子的《文粃》（刻本改名《琅嬛文集》）相比，各占一个时代的地位，所不同者只是平伯年纪尚青，《燕知草》的分量也较少耳。

（中华民国十七年十一月二十二日，于北平市。）

## 《大黑狼的故事》序

这还是民国十四年的秋天，谷万川君初次和我谈起大黑狼的故事，我记得还有一篇消息登在第五十二期的《语丝》上。在那时候，大约万川是"少不更事"，我却有点老朽了，所以在"这个年头儿"还是很高兴地谈那些不革命的大黑狼，他记录出来寄给我看的这一类民间故事现在已经忘记有若干篇，总之在我书桌的抽屉内是有了一大叠。有一回，总是奉鲁军祝贺攻下南口的时分罢，万川从望都寄来二十个新鲜鸡蛋，虽然放在木屑里包装得很好，到得从邮局取来的时候，几乎都磕破了，剩下一两个完全的也已经变坏了。这件事我至今还很清楚地记得，可是这其间隔了两年的光阴，有许多许多的事情都已变了样子了。

不久万川到南方去革命，好久没有信息，不知道他革出什么来了没有,后来得知他回到上海,看他几次的来信,似乎他对于革命已没有多大兴致,可是对于他那老朋友大黑狼也未必还有趣味去奉访它了。这原是很不错的。文学本来是不革命,便是民间文学也是如此,我们如要替他辩护,文学至少也总不就是革命。革命假如是雅片,文学好比是"亚支奶"罢?正如有钱有势的人大胆地抽大烟一样,有血气的青年对于现代感到不满,也就挺身而起,冒危险,拼性命,去实行革命,决不坐在家里叹息诅咒,聊以出他胸头的一口闷气。只有那些骨瘦如柴,手无缚鸡之力的乏汉,瘫痪似的坐在书桌前面,把他满腔的鸟气吐在格子纸上,免得日后成鼓胀病,有如上瘾的穷朋友只能每顿吞点亚支奶,这虽是不像样,却也是没有法的。有人说得好,凡是匿名揭帖,或登广告,发传单,说某人怎样欺侮他的,大抵是吃了亏,没有力量反抗或报复,虽不甘心却终于只好忍受的人,他的这种揭帖等便是表明他的无能为的态度,表明他是将忍受了,只要让他嚷这一回。要咬的狗是不则声的,叫着的却是自己在害怕。在现代乱世青年只有两条出路,强的冲上前去,做个人类进化的"见证"(Martyr),弱的退下来，叹息诅咒，以终天年，兼以传种，——此外，自然还有做官发财之一法，不过这一路的人已经很多，不必再来引导，省得将来更要僧多粥薄。现在虽然听说有很巧的方法，即是以文学代革命，犹如从前随营的朱墨文案也可以算作"军功"得保举，但我觉得总未免太取巧一点儿，似乎不大好。英国的摆伦（Byron），匈加利的裴德飞（Petôfi），那确实不愧为革命诗人，很有砭顽起懦的力量，可是摆伦终于卒于密所隆吉军次，裴德飞死在绥该思伐耳的战场上，他们毕究还是革命英雄，他们的文学乃只是战壕内的即兴，和文士们的摇瘦拳头是不很相同的。

不知怎的话又说远了，现在再来谈万川的事罢。他去革了一阵子的命，现在不再干这个玩意儿了，因为革命已经成了功，而同时他对于文学似乎又变了冷淡了。我说这是不错的，因为吃得起大土的人那里要什么亚支奶，然而等到这烟灯烟枪都收了摊，而还不肯屈尊来吞服一点代替品，那么这是有点危险性的，正如瘾发时之要涕泪横流的。本来能革命的自然最好还是革命，无如现今革命已经截止，而且我又是不革命的人，不能自己浸在温泉里却用传声筒发命令，叫大众快步走，冲锋！所以对于万川还只好照着自己的例劝他回转来弄那不革命的文学。我这样说，列位切莫误会以为我自己自认是在弄文学，这个我早已不敢弄了，我现在只是不革命罢了，——我至今还想整理中国猥亵的歌谣，这个我恐怕简直还有点反革命的嫌疑？恰好，万川虽已没有打听大黑狼的新消息的热心，但似乎终于未能忘情，从我这里把它要回去，预备刊印成书，我便趁了这个机会写几句话给他，告诉我的意思。我并不劝他回到记录大黑狼的那时代来，因为那是不可能的，有如现在有些人想叫大家回到古代去，但我又觉得不革命又不不革命之非计，所以想借了大黑狼去诱引他一下，请他老实不客气地决定来干这不革命的文学或其他学问。我的老朽却还是仍旧，不减少也希望不大增加，所以对于大黑狼们的感情仍是颇好的，日后这本故事集印成之后我还想细细地重读一遍，——这两年来人事改变真不少了，大黑狼和万川都还健在，这真是极可喜的事了。

（十七年十二月二十二日，于北平市。）

## 关于失恋

王品青君是阴历八月三十日在河南死去的,到现在差不多就要百日了,春蕾社诸君要替他出一个特刊,叫我也来写几句。我与品青虽是熟识,在孔德学校上课时常常看见,暇时又常同小峰来苦雨斋闲谈,夜深回去没有车雇,往往徒步走到北河沿,但是他没有对我谈过他的身世,所以关于这一面我不很知道,只听说他在北京有恋爱关系而已。他的死据我推想是由于他的肺病,在夏天又有过一回神经错乱,从病院的楼上投下来,有些人说这是他的失恋的结果,或者是真的也未可知,至于是不是直接的死因我可不能断定了。品青是我们朋友中颇有文学的天分的人,这样很年青地死去,是很可惜也很可哀的,这与他的失不失恋本无关系,但是我现在却就想离开了追悼问题而谈谈他的失恋。

品青平日大约因为看我是有须类的人，所以不免有点歧视，不大当面讲他自己的事情，但是写信的时候也有时略略提及。我在信堆里找出品青今年给我的信，一共只有八封，第一封是用"隋高子玉造象碑格"笺所写，文曰：

"这几日我悲哀极了，急于想寻个躲避悲哀的地方，曾记有一天在苦雨斋同桌而食的有一个朋友是京师第一监狱的管理员，先生可以托他设法开个特例把我当作犯人一样收进去度一度那清素的无情的生活么？不然，我就要被柔情缠死了呵！品青，一月二十八日夜十二时。"

我看了这封信有点摸不着头脑，不知所说的是凶是吉，当时就写了一点回复他，此刻也记不起是怎样说的了。不久品青就患盲肠炎，进医院去，接着又是肺病，到四月初才出来，寄住在东皇城根友人的家里。他给我的第二封信便是出医院后所写，日期是四月五日，共三张，第二张云：

"这几日我竟能起来走动了，真是我的意料所不及。然到底像小孩学步，不甚自然。得闲肯来寓一看，亦趣事也。

在床上，我的世界只有床帐以内，以及与床帐相对的一间窗户。头一次下地，才明白了我的床的位置，对于我的书箱书架，书架上的几本普通的破书，都仿佛很生疏，还得从新认识一下。第二回到院里晒太阳，明白了我的房的位置，依旧是西厢，这院落从前我没有到过，自然又得认识认识。就这种情形看来，如生命之主不再太给我过不去，则于桃花落时总该能去重新认识凤皇砖和满带雨气的苦雨斋小横幅了吧？那时在孔德教员室重新共吃瓦块鱼自然不成问题。"

这时候他很是乐观，虽然末尾有这样一节话，文曰：

"这信刚写完，接到四月一日的《语丝》，读第十六节的'闲话拾遗'，颇觉畅快。再谈。"

所谓"闲话拾遗"十六是我译的一首希腊小诗，是无名氏所作，戏题曰《恋爱偈》，译文如下：

不恋爱为难，

恋爱亦复难，

一切中最难

是为能失恋。

四月二十日左右我去看他一回，觉得没有什么，精神兴致都还好，二十二日给我信说，托交民卫生试验所去验痰，云有结核菌，所以"又有点悲哀"，然而似乎不很利害。信中说：

"肺病本是富贵人家的病，却害到我这又贫又不贵的人的身上。肺病又是才子的病，而我却又不像□□诸君常要把它写出来。真是病也倒楣，我也倒楣。

今天无意中把上头这一片话说给□□，她深深刺了我一下，说我的脾气我的行为简直是一个公子，何必取笑才子们呢？我接着说，公子如今落魄了，听说不久就要去作和尚去哩。再谈。"

四月三十日给我的第六封信还是很平静的，还讲到维持《语丝》的办法，可是五月初的三封信（五日两封，八日一封）忽然变了样，疑心友人们（并非女友）对他不好，大发脾气。五日信的起首批注道，"到底我是小孩子，别人对我只是表面，我全不曾理会。"八日信末云，"人格学问，由他们骂去吧，品青现在恭恭敬敬地等着承受。"这时候大约神经已有点错乱，以后不久就听说他发狂了，这封信也就成为我所见的绝笔。那时我在《世界日报》附刊上发表一篇小文，论曼殊与百助女史的关系，品青见了说我在骂他，百助就是指他，我怕他更要引起误会，所以一直没有去看他过。

　　品青的死的原因我说是肺病，至于发狂的原因呢，我不能知道。据他的信里看来，他的失恋似乎是有的罢。倘若他真为失恋而发了狂，那么我们只能对他表示同情，此外没有什么说法。有人要说这全是别人的不好，本来也无所不可，但我以为这一半是品青的性格的悲剧，实在是无可如何的。我很同意于某女士的批评，友人"某君"也常是这样说，品青是一个公子的性格，在戏曲小说上公子固然常是先落难而后成功，但是事实上却是总要失败的。公子的缺点可以用圣人的一句话包括起来，就是"既不能令，又不受命"。在旧式的婚姻制度里这原不成什么问题，然而现代中国所讲的恋爱虽还幼稚到底带有几分自由性的，于是便不免有点不妥：我想恋爱好像是大风，要当得她住只有学那橡树（并不如伊索所说就会折断）或是芦苇，此外没有法子。譬如有一对情人，一个是希望正式地成立家庭，一个却只想浪漫地维持他们的关系，如不在适当期间有一方面改变思想，迁就那一方面，我想这恋爱的前途便有障碍，难免不发生变化了。品青的优柔寡断使他在朋友中觉得和善可亲，但在恋爱上恐怕是失败之原，我们朋友中之□□大抵情形与品青相似，他却有决断，所以他的问题就安然解决了。本来得恋失恋都是极平常的事，在本人当然觉得这是可喜或是可悲，因失恋的悲剧而入于颓废或转成超脱也都是可以的，但这与旁人可以说是无关，与社会自然更是无涉，别无大惊小怪之必要；不过这种悲剧如发生在我们的朋友中间，而且终以发狂与死，我们自不禁要谈论叹息，提起他失恋的事来，却非为他声冤，也不是加以非难，只是对于死者表示同情与悼惜罢了。至于这事件的详细以及曲直我不想讨论，第一是我不很知道内情，第二因为恋爱是私人的事情，我们不必干涉，旧社会那种萨满教的风化的迷信我是极反对的；我所要说的只在关于品青的失恋略述我的感想，充作纪念他的一篇文字而已。——但是，照我上边的主张看来，或者我写这篇小文也是不应当的；是的，这个错我也应该承认。

（民国十六年十二月二十七日，于北京。）

## 闭户读书论

自唯物论兴而人心大变。昔者世有所谓灵魂等物，大智固亦以轮回为苦，然在凡夫则未始不是一种慰安，风流士女可以续未了之缘，壮烈英雄则曰，"二十年后又是一条好汉。"但是现在知道人的性命只有一条，一失足成千古恨，再回头已百年身，只有上联而无下联，岂不悲哉！固然，知道人生之不再，宗教的希求可以转变为社会运动，不求未来的永生，但求现世的善生，勇猛地冲上前去，造成恶活不如好死之精神，那也是可能的。然而在大多数凡夫却有点不同，他的结果不但不能砭顽起懦，恐怕反要使得懦夫有卧志了罢。

"此刻现在"，无论在相信唯物或是有鬼论者都是一个危险时期。除非你是在做官，你对于现时的中国一定会有好些不满或是不平。这些不满和不平积在你的心里，正如噎隔患者肚里的"痞块"一样，你如没有法子把他除掉，总有一天会断送你的性命。那么，有什么法子可以除掉这个痞块呢？我可以答说，没有好法子。假如激烈一点的人，且不要说动，单是乱叫乱嚷起来，想出出一口鸟气，那就容易有共党朋友的嫌疑，说不定会同逃兵之流一起去正了法。有鬼论者还不过白折了二十年光阴，只有一副性命的就大上其当了。忍耐着不说呢，恐怕也要变成忧郁病，倘若生在上海，迟早总跳进黄浦江里去，也不管公安局钉立的木牌说什么死得死不得。结局是一样，医好了烦闷就丢掉了性命，正如门板夹直了驼背。那么怎么办好呢？我看，苟全性命于乱世是第一要紧，所以最好是从头就不烦闷。不过这如不是圣贤，只有做官的才能够，如上文所述，所以平常下级人民是不能仿效的。其次是有了烦闷去用方法消遣。抽大烟，讨姨太太，赌钱，住温泉场等，都是一种消遣法，但是有些很要用钱，有些很要用力，寒士没有力量去做。我想了一天才算想到了一个方法，这就是"闭户读书"。

记得在没有多少年前曾经有过一句很行时的口号，叫做"读书不忘救国"。其实这是很不容易的。西儒有言，二鸟在林不如一鸟在手,追两兔者并失之。幸而近来"青运"已经停止,救国事业有人担当,昔日辘轳体的口号今成截上的小题,专门读书,此其时矣,闭户云者,聊以形容,言其专一耳,非真辟札则不把卷,二者有必然之因果也。

但是,敢问读什么呢?经,自然,这是圣人之典,非读不可的,而且听说三民主义之源盖出于四书,不特维礼教即为应考试计,亦在所必读之列,这是无可疑的了。但我所觉得重要的还是在于乙部,即是四库之史部。老实说,我虽不大有什么历史癖,却是很有点历史迷的。我始终相信二十四史是一部好书,他很诚恳地告诉我们过去曾如此,现在是如此,将来要如此。历史所告诉我们的在表面的确只是过去,但现在与将来也就在这里面了:正史好似人家祖先的神像,画得特别庄严点,从这上面却总还看得出子孙的面影,至于野史等更有意思,那是行乐图小照之流,更充足地保存真相,往往令观者拍案叫绝,叹遗传之神妙。正如獐头鼠目再生于十世之后一样,历史的人物亦常重现于当世的舞台,恍如夺舍重来,慑人心目,此可怖的悦乐为不知历史者所不能得者也。通历史的人如太乙真人目能见鬼，无论自称为什么，他都能知道这是谁的化身，在古卷上找得他的原形，自盘庚时代以降一一具在，其一再降凡之迹若示诸掌焉。浅学者流妄生分别，或以二十世纪，或以北伐成功，或以农军起事划分时期，以为从此是另一世界，将大有改变，与以前绝对不同，仿佛是旧人霎时死绝，新人自天落下，自地涌出，或从空桑中跳出来，完全是两种生物的样子：此正是不学之过也。宜趁现在不甚适宜于说话做事的时候，关起门来努力读书，翻开故纸，与活人对照，死书就变成活书，可以得道，可以养生，岂不懿欤？——喔，我这些话真说得太抽象而不得要领了。但是，具体的又如何说呢？我又还缺少学问，论理还应少说闲话，多读经史才对，现在赶紧打住罢。

（中华民国十七年十一月吉日）

# 看云集

# 《看云集》自序

把过去两年的文章搜集起来，编成一册书，题曰《看云集》。光阴荏苒大半年了，书也没有印出来，序也没有做得。书上面一定要有序的么？这似乎可以不必，但又觉得似乎也是要的，假如是可以有，虽然不一定是非有不可。我向来总是自己作序的，我不曾请人家去做过，除非是他们写了序文来给我，那我自然也是领情的，因为我知道序是怎样的不好做，而且也总不能说的对或不错，即使用尽了九牛二虎之力去写一篇小小的小序。自己写呢，第一层麻烦着自己比较不要紧，第二层则写了不好不能怪别人，什么事都可简单的了结。唠叨的讲了一大套，其实我只想说明序虽做不出而还是要做的理由罢了。

做序之一法是从书名去生发，这就是赋得五言六韵法。看云的典故出于王右丞的诗，"行到水穷处，坐看云起时"，照规矩做起来，当然变成一首试帖诗，这个我想似乎不大合式。其次是来发挥书里边——或书外边的意思。书里边的意思已经在书里边了，我觉得不必再来重复的说，书外边的或者还有点意思罢。可是说也奇怪，近来老是写不出文章，也并不想写，而其原因则都在于没有什么意思要说。今年所作的集外文拢总只有五六篇，十分之九还是序文，其中的确有一篇我是想拿来利用的，就是先给《莫须有先生》当序之后再拿来放在《看云集》上，不过这种一石投双鸟的办法有朋友说是太取巧了，所以我又决意停止了。此外有一篇《知堂说》，只有一百十二个字，录在后面，还不费事。其词曰：

"孔子曰，知之为知之，不知为不知，是知也。荀子曰，言而当，知也；默而当，亦知也。此言甚妙，以名吾堂。昔杨伯起不受暮夜赠金，有四知之语，后人钦其高节，以为堂名，由来旧矣。吾堂后起，或当作新四知堂耳。虽然，孔荀二君生于周季，不新矣，且知亦不必以四限之，因截取其半，名曰知堂云尔。"

这是今年三月二十六日所写的，可以表示我最近的一点意见，或者就拿过来算作这里的序文也罢。虽然这如用作《知堂文集》的序较为适当，但是这里先凑合用了也行，《知堂文集》序到要用时再说可也。

（中华民国二十一年七月二十六日，于北平。）

## 《草木虫鱼》小引

明李日华著《紫桃轩杂缀》卷一云，白石生辟谷嘿坐，人问之不答，固问之，乃云"世间无一可食，亦无一可言"。这是仙人的话，在我们凡人看来不免有点过激，但大概却是不错的，尤其是关于那第二点。在写文章的时候，我常感到两种困难，其一是说什么，其二是怎么说。据胡适之先生的意思这似乎容易解决，因为只要"要说什么就说什么"和"话怎么说就怎么说"便好了，可是在我这就是大难事。有些事情固然我本不要说，然而也有些是想说的，而现在实在无从说起。不必说到政治大事上去，即使偶然谈谈儿童或妇女身上的事情，也难保不被看出反动的痕迹，其次是落伍的证据来，得到古人所谓笔祸。这个内容问题已经够烦难了，而表现问题也并不比它更为简易。我平常很怀疑心里的"情"是否可以用了"言"全表了出来，更不相信随随便便地就表得出来。什么嗟叹啦，永歌啦，手舞足蹈啦的把戏，多少可以发表自己的情意，但是到了成为艺术再给人家去看的时候，恐怕就要发生了好些的变动与间隔，所留存的也就是很微末了。死生之悲哀，爱恋之喜悦，人生最深切的悲欢甘苦，绝对地不能以言语形容，更无论文字，至少在我是这样感想，世间或有天才自然也可以有例外，那么我们凡人所可以文字表现者只是某一种情意，固然不很粗浅但也不很深切的部分，换句话来说，实在是可有可无不关紧急的东西，表现出来聊以自宽慰消遣罢了。从前在上海某月刊上见过一条消息，说某人要提倡文学无用论了，后来不曾留心不知道这主张发表了没有，有无什样影响，但是我个人却的确是相信文学无用论的。我觉得文学好像是一个香炉，他的两旁边还有一对蜡烛台，左派和右派。无论那一边是左是右，都没有什么关系，这总之有两位，即是禅宗与密宗，假如容我借用佛教的两个名称。文学无用，而这左右两位是有用有能力的。禅宗的作法的人不立文字，知道它的无用，却寻别的途径。霹雳似的大喝一声，或一棍打去，或一句干矢橛，直截地使人家豁然开悟，这在对方固然也需要相当的感受性，不能轻易发生效力，但这办法的精义实在是极对的，差不多可以说是最高理想的艺术，不过在事实上艺术还着实有志未逮，或者只是音乐有点这样的意味，缠缚在文字语言里的文学虽然拿出什么象征等物事来在那里挣扎，也总还追随不上。密宗派的人单是结印念咒，揭谛揭谛波罗揭谛几句话，看去毫无意义，实在含有极大力量，老太婆高唱阿弥陀佛，便可安心立命，觉得西方有分，绅士平日对于厨子呼来喝去，有朝一日自己做了光禄寺小官，却是顾盼自雄，原来都是这一类的事。即如古今来多少杀人如麻的钦案，问其罪名，只是大不敬或大逆不道等几个字儿，全是空空洞洞的，当年却有许多活人死人因此处了各种极刑，想起来很是冤枉，不过在当时，大约除本人外没有不以为都是应该的罢。名号——文字的威力大到如此，实在是可敬而且可畏了。文学呢，它是既不能令又不受命，它不能那么解脱，用了独一无二的表现法直截地发出来，却也不会这么刚勇，凭空抓了一个唵字塞住了人家的喉管，再回不过气来，结果是东说西说，写成了四万八千卷的书册，只供闲人的翻阅罢了。我对于文学如此不敬，曾称之曰不革命，今又说它无用，真是太不应当了，不过我的批评全是好意的，我想文学的要素是诚与达，然而诚有障害，达不容易，那么留下来的，试问还有些什么？老实说，禅的文学做不出，咒的文学不想做，普通的文学克复不下文字的纠缠的可做可不做，总结起来与"无一可言"这句话岂不很有同意么？话虽如此，文章还是可以写，想写，关键只在这一点，即知道了世间无一可言，自己更无做出真文学来之可能，随后随便找来一个题目，认真去写一篇文章，却也未始不可，到那时候或者简直说世间无一不可言，也很可以罢，只怕此事亦大难，还须得试试来看，不是一步就走得到的。我在此刻还觉得有许多事不想说，或是不好说，只可挑选一下再说，现在便姑且择定了草木虫鱼，为什么呢？第一，这是我所喜欢，第二，他们也是生物，与我们很有关系，但又到底是异类，由得我们说话。万一讲草木虫鱼还有不行的时候，那么这也不是没有办法，我们可以讲讲天气罢。

（十九年旧中秋）

# 序 《冰雪小品选》

启无编选明清时代的小品文为一集，叫我写一篇序或跋，我答应了他，已将有半年了。我们预约在暑假中缴卷，那时我想，离暑假还远，再者到了暑假也还有七十天闲暇，不愁没有工夫，末了是反正不管序跋，随意乱说几句即得，不必问切不切题，因此便贸贸然地答应下来了。到了现在鼻加答儿好了之后，仔细一算已过了九月十九，听因百说启无已经回到天津，而平伯的跋也在"草"上登了出来，乃不禁大着其忙，急急地来构思作文。本来颇想从平伯的跋里去发见一点提示，可以拿来发挥一番，较为省力，可是读后只觉得有许多很好的话都被平伯说了去，很有点儿怨平伯之先说，也恨自己之为什么不先做序，把这些话早截留了，实是可惜之至。不过，这还有什么办法呢？只好硬了头皮自己来想罢，然而机会还是不肯放弃，我在平伯的跋里找到了这一句话，——"小品文的不幸无异是中国文坛上的一种不幸"，做了根据，预备说几句，虽然这些当然是我个人负责。

我要说的话干脆就是，启无的这个工作是很有意思的，但难得受人家的理解和报酬。为什么呢？因为小品文是文艺的少子，年纪顶幼小的老头儿子。文艺的发生次序大抵是先韵文，次散文，韵文之中又是先叙事抒情，次说理，散文则是先叙事，次说理，最后才是抒情。借了希腊文学来做例，一方面是史诗和戏剧，抒情诗，格言诗，一方面是历史和小说，哲学，——小品文，这在希腊文学盛时实在还没有发达，虽然那些哲人（Sophistai）似乎有这一点气味，不过他们还是思想家，有如中国的诸子，只是勉强去仰攀一个渊源，直到基督纪元后希罗文学时代才可以说真是起头了，正如中国要在晋文里才能看出小品文的色彩来一样。我卤莽地说一句，小品文是文学发达的极致，它的兴盛必须在王纲解纽的时代。未来的事情，因为我到底不是问星处，不能知道，至于过去的史迹却还有点可以查考。我想古今文艺的变迁曾有两个大时期，一是集团的，一是个人的，在文学史上所记大都是后期的事，但有些上代的遗留如歌谣等，也还能推想前期的文艺的百一。在美术上便比较地看得明白，绘画完全个人化了，雕塑也稍有变动，至于建筑，音乐，美术工艺如瓷器等，却都保存原始的迹象，还是民族的集团的而非个人的艺术，所寻求表示的也是传统的而非独创的美。在未脱离集团的精神之时代，硬想打破它的传统，又不能建立个性，其结果往往青黄不接，呈出丑态，固然不好，如以现今的瓷器之制作绘画与古时相较，即可明了，但如颠倒过来叫个人的艺术复归于集团的，也不是很对的事。对不对是别一件事，与有没有是不相干的，所以这两种情形直到现在还是并存，不，或者是对峙着。集团的美术之根据最初在于民族性的嗜好，随后变为师门的传授，遂由硬化而生停滞，其价值几乎只存在技术一点上了，文学则更为不幸，授业的师傅让位于护法的君师，于是集团的"文以载道"与个人的"诗言志"两种口号成了敌对，在文学进了后期以后，这新旧势力还永远相搏，酿成了过去的许多五花八门的文学运动。在朝廷强盛，政教统一的时代，载道主义一定占势力，文学大盛，统是平伯所谓"大的高的正的"，可是又就"差不多总是一堆垃圾,读之昏昏欲睡"的东西，一到了颓废时代，皇帝祖师等等要人没有多大力量了，处士横议，百家争鸣，正统家大叹其人心不古，可是我们觉得有许多新思想好文章都在这个时代发生，这自然因为我们是诗言志派的。小品文则在个人的文学之尖端，是言志的散文，它集合叙事说理抒情的分子，都浸在自己的性情里，用了适宜的手法调理起来，所以是近代文学的一个潮头，它站在前头，假如碰了壁时自然也首先碰壁。因为这个缘故，启无选集前代的小品文，给学子当作明灯，可以照见来源去路，不但是在自己很有趣味，也是对于别人很有利益的事情，不过在载道派看来这实在是左道旁门，殊堪痛恨，启无的这本文选其能免于覆瓿之厄乎，未可知也。但总之也没有什么关系。是为序。

（中华民国十九年九月二十一日，于北平煆药庐。）

# 出版说明

"大家小书"多是一代大家的经典著作,在还属于手抄的著述年代里,每个字都是经过作者精琢细磨之后所拣选的。为尊重作者写作习惯和遣词风格、尊重语言文字自身发展流变的规律,为读者提供一个可靠的版本,"大家小书"对于已经经典化的作品不进行现代汉语的规范化处理。

提请读者特别注意。

北京出版社